UNE FEMME DE MÉNAGE

DU MÊME AUTEUR

Volley-ball, *roman*, 1989
L'aventure, *roman*, 1993
Le pont d'Arcueil, *roman*, 1994
Paul au téléphone, *roman*, 1996
Le pique-nique, *roman*, 1997
Loin d'Odile, *roman*, 1998
Mon grand appartement, *roman*, 1999

CHRISTIAN OSTER

UNE FEMME
DE MÉNAGE

LES ÉDITIONS DE MINUIT

L'ÉDITION ORIGINALE DE CET OUVRAGE A ÉTÉ TIRÉE
À QUARANTE-CINQ EXEMPLAIRES SUR VERGÉ DES
PAPETERIES DE VIZILLE, NUMÉROTÉS DE 1 À 45 PLUS
SEPT EXEMPLAIRES HORS COMMERCE NUMÉROTÉS
DE H.-C. I À H.-C. VII

© 2001 by LES ÉDITIONS DE MINUIT
7, rue Bernard-Palissy, 75006 Paris

En application de la loi du 11 mars 1957, il est interdit de reproduire
intégralement ou partiellement le présent ouvrage sans autorisation de l'éditeur
ou du Centre français d'exploitation du droit de copie,
20, rue des Grands-Augustins, 75006 Paris

ISBN 2-7073-1733-0

J'avais pris une femme de ménage. Elle était entrée dans ma vie comme ça, parce que j'avais tiré sur une petite languette, à la pharmacie. C'était la dernière des six qu'elle avait prédécoupées au bas de son annonce, scotchée sur la vitrine. Une petite languette de papier verticale, avec les huit chiffres superposés de son numéro de téléphone. Toutes les languettes qui m'eussent intéressé, sauf la sienne, sa petite dernière, donc, avaient été arrachées. Et je m'étais dit qu'il était grand temps que je m'y arrête, devant cette vitrine.

L'annonce, de type généraliste, concernait des heures de ménage et de baby-sitting. Je ne l'aurais pas prise pour baby-sitter, celle-là, bien sûr. Non que ce soit un métier, baby-sitter, mais tout de même. Je n'imaginais point qu'on pouponnât en passant l'aspirateur. En revanche, je voulais bien qu'une baby-sitter discutable, mal capable de

lâcher son chiffon pour prévenir un pleur, fît chez
moi un peu de ménage, oui. Ça ne raiera pas
spécialement mes meubles, m'étais-je dit. Et ça
ne tuera pas l'enfant que je n'ai pas fait à
Constance. Parce que c'est à cause de Constance,
tout ça. Sans elle, je n'aurais jamais tiré sur cette
languette.

J'avais attendu six mois. Six mois sans ménage,
six mois sans Constance. Une femme qui m'avait
occupé l'esprit et le cœur, sans cesse, et qu'il me
suffisait de voir ou d'évoquer pour me dire que
la vie avait une forme. D'où l'inutilité de ranger,
désormais, chez moi. De maintenir l'ordre. De
passer l'aspirateur.

Du temps de Constance, au reste, je ne voyais
pas la poussière, c'est elle qui m'avait montré, un
jour. Avec l'index, sur le dessus d'une commode.
Difficile de nier. D'accord, avais-je dit. Et j'avais
passé l'aspirateur. Puis repassé. Je détestais.
Constance aussi. On détestait passer l'aspirateur,
tous les deux. On s'aimait.

Et il y a ce jour où ça s'arrête. On ne pense
plus à elle. Plus de la même façon. C'est une
femme lointaine, maintenant, une femme du passé
dont l'image, oui. S'estompe. Ce qu'elle nous
laisse, maintenant, c'est, oui. Evidemment. Un

vide. Un vide infiniment pénible et triste, mais un vide, seulement. Pas une forme, pas quelque chose qui blesse, qui bouge et qui en bougeant blesse, comme un corps à l'intérieur du corps, et qui donnerait des coups de coude. Plus rien qu'un vide, une plaie refermée sur du vide. Et on vit avec. On s'y fait. On est juste moins fort, moins musclé, maintenant. Avec un peu de graisse autour de ce vide, donc. Parce qu'on mange mieux. Davantage. D'où les miettes, dans la cuisine. Qu'on finit par remarquer, même. Parce que ça suffit.

Assez des assiettes sales, aussi, des verres pas nets. Des réserves moisies. Des traces de gras. Des empilements, dans le salon. De lever la jambe, toujours plus haut, pour se frayer un chemin jusqu'au fauteuil. Du lit ouvert, toujours, sur ces draps qui grisonnent. Des lames, celles du rasoir, qui ne coupent plus. Des casseroles fichues. De la télé branchée sur rien, la nuit. Des rideaux tirés. Du manque d'air.

J'avais donc besoin d'ordre. Mais pas le courage pour, non. L'aspirateur, le tuyau, l'embout, le fil, la prise, non. Trop tôt. J'avais juste l'envie de propre. Alors je l'avais appelée, cette, comment dire. J. F. Pas au secours. A l'aide, oui, un peu.

Je dis J. F. parce que ce n'était pas tout à fait une jeune femme, encore. Seulement deux initiales sur un papier, deux initiales en voie de développement qui réclamaient quelques signes supplémentaires, tangibles, afin qu'elles s'incarnent. J'aimerais vous voir, avais-je articulé en direction de son téléphone, à cette future jeune femme. Bien sûr, avait-elle dit d'une voix claire. Où ça ? Je ne sais pas, avais-je proposé. Chez moi, non ? C'est ce qu'il y a de plus simple.

C'est-à-dire, avait-elle dit. Ça me gêne un peu.

J'avais souri, au téléphone. Puis ri. Avec elle. De sa méfiance. Une femme de ménage qui n'ose pas se rendre chez son futur employeur, me disais-je, parce qu'elle a peur qu'il. Voilà qui est plaisant. Elle n'avait d'ailleurs pas ri tout de suite, loin de là. J'avais dû l'amadouer. Lui dire que ce n'était pas grave, qu'on pouvait se voir à l'extérieur, dans un café. Ça l'avait détendue. D'où le rire, après. Un type qui renonce si vite à me faire venir chez lui, avait-elle dû se dire, ne peut pas être réellement dangereux. Ou alors il s'organise. Planifie. Mais ça me laisse le temps de voir.

Ç'avait donc été une rencontre feutrée, dans un café du côté de La Fourche. (L'histoire se passe à Paris, j'y vivais.) Ses cheveux, passé les racines, c'est ce qui me frappa tout de suite, souffraient de leur coloration. Secs. Un visage d'enfant, bien que ce fût une jeune fille, au moins, presque une jeune femme, mais je confonds, alors. Je lui donnai vingt-cinq ans, pour être sûr. Je la trouvai jolie mais sale. La figure pas lavée. Des traces de terre. Vous êtes tombée dans la boue ? lui dis-je.

J'avançai un doigt vers sa joue, elle se recula, je n'avais pourtant pas l'intention de la toucher, c'était juste pour savoir de quoi on parle. Elle mouilla le sien, de doigt, effaça la trace, m'expliqua que c'étaient ses pots de fleurs. Vous travaillez la terre ? lui dis-je.

Je me sentais agressif. Peut-être à cause de sa méfiance, que je voulais justifier. Pour lui être agréable, en fait. Sa méfiance, donc, qui demeurait malgré le sourire, le rire parfois, comme si ce n'était pas une affaire sérieuse, ce rendez-vous. Pas un coup monté, soit, mais tout de même. Une blague, au mieux. Elle voulait bien se prêter à une blague, vu sa disponibilité. Sa pauvreté. Son besoin. Elle n'avait pas grand-chose à perdre, dans ce café, apparemment, même pas son temps. Ne travaillait pas, sans doute. Ne gardait pas d'enfants ni ne faisait le ménage nulle part. Débutait. Enfin, souhaitait. Guettait les fruits de sa petite annonce.

Donc, oui, je me montrai un peu agressif. Gentiment. Au demeurant, elle ne recherchait pas quelque chose d'amical, cette jeune femme, avec moi. Ni de sérieux. Mais elle était venue voir. Voulait travailler, je pense. Se pliait. Prenait le risque. Je ne voulais pas la décevoir. Un peu de dureté, je pouvais lui donner ça. D'autant que j'en suis capable, de dureté, quand ça va. Or ça allait. Pas si mal, non. A preuve cette démarche.

Je lui demandai si elle travaillait, déjà. Pour quelqu'un. Oui, me dit-elle. Elle mentait correctement, sans plus. C'est juste qu'elle n'avait pas peur. Elle ne se donnait aucune peine. Je n'étais pas obligé de la croire. En revanche, je me sentais tenu de faire semblant. Je lui demandai si ça lui convenait, ce travail. Elle me répondit oui, encore, mais cette fois c'était vrai. Elle aimait ce travail. C'était clair. Elle aimait ce travail qu'elle n'avait jamais fait. Avait décidé de l'aimer. Et alors je ne sais pas ce qui m'a pris, je lui ai dit qu'elle était jeune. Qu'elle n'allait pas faire ça toute sa vie, non ? Si ? Si. Ça me plaît, répéta-t-elle. J'aime bien que ce soit propre, chez les autres. (Elle avait un de ces aplombs, parfois, pour mentir. Mais je la

12

sentais sincère.) Ça me rend fière. Et puis c'est surtout que j'aime ça. Les gestes. C'est les gestes que je fais bien.

Que j'ai envie de faire bien, traduisis-je donc. Ou que j'aime bien faire chez moi. Et le baby-sitting ? lui dis-je.

J'exagérais, bien sûr. Mais je voulais savoir à qui j'avais affaire, non la juger sur ses yeux. Grands, profonds, avec une tristesse qui faisait réfléchir. A son rire, notamment. Un rire pas gai, comme cassé. Je ne voulais pas non plus la juger sur ses genoux, qu'elle montrait. Je n'avais pas vu beaucoup de genoux comme ça, dans ma vie, objectivement. Très fins, bien nets au sortir de la jupe, avec ce qu'il faut de saillies pour que ça se voie quand elle pliait une jambe. Et qui bougent, en montrant leur mécanique. Une merveille. Belles jambes, en plus. Belle bouche. Et ces cheveux foutus, donc. Mais je voulais savoir, quand même.

Elle mentit aussi sur le baby-sitting. Moins bien. Evoquait ses nièces, sans doute. Tripota sa cuiller, la fit sonner sur sa tasse. Enfin, ce n'est pas pour ça que vous vouliez me voir, me dit-elle.

Non, dis-je. Bien sûr. Mais j'ai besoin de vous connaître. Vous allez venir chez moi. Je crois que

ça pourra aller. C'est comment, votre prénom ?
Vous voulez un autre café ? Vous avez un tarif ?

Nous tranchâmes cette question. Laura ne pouvait pas dire que je la paierais mal. Je lui proposai de passer la semaine suivante. Lundi, oui, le matin. De huit à douze. J'avais prévu un double des clés. C'est très sale, lui dis-je en les lui tendant, très encombré aussi, mais vous verrez par vous-même. Vous ne m'avez pas laissé vous montrer. Vous pourrez prendre les messages au téléphone.

J'eus un peu de mal à la quitter parce qu'elle ne bougeait pas. Avait fini sa journée, probablement. Mais je ne pouvais pas rester avec elle. Je n'avais rien à faire non plus, et je ne voulais pas que ça se voie. Je la saluai et quittai le café en la laissant sur son siège.

Dehors, je me retournai. Je lui fis un petit signe, parce que je supporte mal les séparations d'avec les femmes, globalement. Elle y répondit d'un hochement de tête. Après, dans le métro, qui s'ouvrit heureusement vite dans le trottoir, je descendis cacher ma honte.

Comme on était vendredi (le jour où je ne travaille pas, dans mon temps partiel), le temps passa jusqu'au lundi avec lenteur. C'était idiot, mais je savais que Laura commençait lundi, et pour moi ça représentait une date. Rien à faire, j'avais cette date dans la tête, et il fallait que j'y arrive. L'idéal, cependant, c'est que j'avais de quoi m'occuper, puisque d'ici là je devais rétablir la circulation, chez moi. Désencombrer le salon, déjà. Laura devait pouvoir passer. Je rangeai donc des papiers, jetai des journaux, repoussai des piles de livres, expédiai le gros des moutons par la fenêtre. A la fin du week-end, chez moi, donc, ça ressemblait à un emménagement en cours. Net progrès. Pour le reste, dans la cuisine, j'avais recentré la vaisselle, rassemblé les petites cuillers, réparti le sale en deux zones. Une seule, ça n'était pas possible. Les piles eussent été trop hautes.

Puis j'étais sorti, j'étais passé voir Stéphane, au

jugé, sauf qu'il n'était pas là et que je n'avais rien
à lui dire. Après ces six mois, j'entrais en convalescence, et j'avais besoin de calme, dans mes relations. J'étais passé chez lui par devoir, parce qu'il
m'avait un peu suivi, après Constance. Pris de mes
nouvelles. Supporté mes ellipses. Comblé mes
silences. Et j'aurais eu du mal, maintenant, à lui
expliquer que je passais mais que je ne restais pas.
Trop à faire encore avec moi-même. Reprendre
contact avec la rue, aussi. La rue, je n'avais plus
fait que l'emprunter, depuis tout ce temps, pour
les courses. Sans rien voir. C'était juste du bruit,
du chaud, du froid, ça dépendait. Une grande
rumeur, en somme, avec un peu de température.
On était loin de la fièvre.
    Ah là là qu'est-ce que je vais mieux maintenant
quand même, me disais-je. Le dimanche, je téléphonai à Claire, une vieille amie à moi qui pleure.
Elle ne voulait pas que je la voie, en ce moment,
à cause des cernes. Je lui avais suggéré des lunettes, opaques, bien sûr, mais non. Elle préférait
ne pas me voir du tout. Deux mois plus tôt, sa
fille était partie de la maison. Puis le père de sa
fille. Il lui avait laissé le chien. Je me restructure
doucement, disait-elle. Nous n'avions pas de
conversations longues. Sa voix flanchait, je devais

lui raconter mes histoires. Je n'en avais pas. J'inventais. Je la nourrissais d'anecdotes, en fait. Lentement, comme à la cuiller. Elle saturait vite. Une femme que j'ai vue dans le métro, lui dis-je donc ce jour-là. Tu ne sais pas ? Tu ne sais pas ce qu'elle lisait ? Tu ne trouveras pas. Non, me dit-elle. Je ne trouverai pas. Dis-moi. *Lettre ouverte du pape aux personnes âgées,* dis-je. Tu te rends compte ? Oui, me dit-elle. Oui. Evidemment. Et toi ? Moi ? dis-je. Ça va. Lucien a téléphoné, l'autre jour. Il allait nettement mieux. Enfin, c'est ce qu'il dit. Il ne dit même pas mieux, il dit bien. Il t'embrasse. Je crus percevoir un sanglot. Rappelle-moi, me dit-elle en effet en deux fois, plutôt un autre jour. Si, j'y tiens. Mais là, non. J'ai besoin de dormir.

Je me rendais bien compte que je n'arrivais pas à consoler grand monde, en ce moment. Mais essayer, oui. Ça ne me faisait pas peur. Je me sentais capable. Le lundi, j'arrivai au bureau en pleine forme, sachant que Laura, à la même heure, entrait chez moi pour s'occuper de mon intérieur. Ça me faisait chaud. J'attendis quelques minutes avant de l'appeler, savoir si ça allait, si elle trouvait les choses. Je pense à la crème à récurer, dis-je. Ça va, me dit-elle, je trouve, je me débrouille. J'ai

commencé par la cuisine. Ça ne vous dérange pas
que je commence par la cuisine ?

Pas du tout, dis-je. Pas du tout. J'avais envie de
me montrer agréable avec elle. Elle aussi, apparemment. Cette histoire de commencer par la cuisine, qui n'avait aucune importance, c'était un
signe. Notre contrat débute dans une fichue
bonne ambiance, me dis-je.

Du coup, je me montrai cordial avec tout le
monde. Je demandai à Desrosiers des nouvelles
de son père, m'inquiétai de savoir comment évo-
luait sa sclérose. Six mois, me dit-il. Peut-être un
an. Je le gratifiai d'un hochement de tête que je
lui laissai la possibilité de traduire dans un sens
ou dans l'autre en fonction de la petite lueur
d'espoir que j'avais laissée poindre dans mon
regard à l'arrière-plan de ma commisération. Puis
j'engueulai gaiement Levasseur qui n'est jamais à
jour dans ses dossiers, passai trois coups de fil
pour joindre un collaborateur qui traîne une très
ancienne maladie de peau et lui demandai si son
dernier traitement lui faisait quelque effet, mais
non, il ne lui en faisait aucun, d'effet, il était toujours obligé de porter des lunettes teintées, lui
aussi, sa maladie continuait de lui bouffer le tour
des yeux. Il est vrai que j'avais pas mal de relations

avec des gens dont l'apparence se discutait, en ce moment, du côté du visage. Si j'y ajoutais ma voisine du dessus, à demi ébouillantée par son ex-mari, j'entrevoyais un groupe. Le groupe des gens qui baissent la tête. Plus ou moins blessés ou malades. Je connaissais aussi quelques personnes en bonne santé, mais à ceux-là je ne savais pas trop quoi dire. La question « Ça va ? » ne leur évoquait rien de spécial. Quant à moi, donc, je me portais plutôt bien, physiquement, et je me sentais peu à peu rentrer dans la norme, voire dans l'élite. Pas de problèmes, une désespérance en fin de course, un métier, une femme de ménage, il ne me manquait plus que le bonheur. Mais j'avais le temps, je n'entrais que dans ma cinquantième année.

Le soir, de retour chez moi, j'accrochai ma veste à la patère de l'entrée, me déchaussai et filai vers la cuisine. Ce que j'y vis me rappela le temps où je rangeais, avec Constance. Où je faisais la vaisselle. Incomplètement, donc. Restait toujours une assiette sale, une cuiller dans un coin. Laura avait procédé de même. Laissé quelques miettes sur la table, une tasse à côté de la cafetière. Manque d'esprit de synthèse, conclus-je. J'essayai de me montrer critique à son égard, mais j'eus du mal. Je n'étais pas encore tout à fait certain de mériter qu'on fît parfaitement le ménage, chez moi.

J'allai voir le salon. Ça faisait propre quand on clignait. Une netteté pour myope. Je me contentai d'une vue d'ensemble, sans vérifier le plateau des meubles. Le canapé ne présentait plus le creux que j'y avais fait à gauche, du côté des rayonnages. Laura avait tapoté tout ça, lissé le tissu du plat de la main. D'où j'étais, j'aperçus de la poussière sur une lampe. Ce n'était pas de la mauvaise volonté, je le sentais. Juste une carence. Une ou deux remarques, me dis-je, et il n'y paraîtra plus.

La semaine passa comme la précédente, dans un état de semi-bien-être. De temps en temps, je téléphonai à un ami pour lui dire que je n'avais pas le temps, que je n'étais pas libre. Le mardi et le jeudi, j'appelai Claire, qui ne pleura pas. Je remange, me dit-elle. Comme moi, dis-je. Hier, je me suis fait cuire des bulots. Ah non, me dit-elle, non, moi je n'en suis encore qu'au chinois. Le traiteur, tu sais, sur la place. Je n'ai pas encore la force de mettre de l'eau à bouillir, quand même.

Je passai pas mal de temps à m'occuper, le soir, en attendant le week-end, où je ne saurais pas quoi faire. Une petite virée en forêt, peut-être, me disais-je. Contempler les bourgeons, écraser les brindilles, me chausser de souple, ce genre de choses. C'était pour rire, bien sûr. Je n'ai jamais été capable de me promener seul. Sans femme, j'entends. Soit dit en passant, je n'ai jamais marché auprès d'un homme plus de cinq minutes. Du reste, une ou deux femmes toujours nous précédaient ou nous suivaient que je finissais par rallier pour qu'à la conversation que nous avions entamée l'autre et moi elles apportassent un peu de corps. Je ne parle même pas d'âme. Je parle de contenu. Du contenu de la conversation des femmes. Même deux-trois mots, parfois, ça m'a toujours suffi, moi. Sans parler des silences. Des silences des femmes. Ces petits silences, bien cadrés par les mots, qui ne viennent pas de l'absence. Avec de vrais regards, parfois. Ça commençait à me manquer, ça.

Bon. Là, je parle de la semaine. Le week-end, comme je ne souhaitais voir personne, ça n'avait aucun sens. C'était juste une durée, du temps qui passe à prévoir. J'avais déjà tellement à faire avec celui qui passait que ça me semblait au-dessus de mes forces. Alors même que je me sentais bien, hein. Mais la lune, la décrocher, non, ça me paraissait un peu tôt.

Et puis je m'aperçus bientôt d'une chose. D'une chose qui n'allait pas. Elle m'énervait, Laura, à venir chez moi le lundi. J'y étais, moi, chez moi, le lundi ? Non. Alors elle. Sa présence. Quatre heures de présence. Et quand je revenais, ces traces. Ce qu'elle avait fait, n'avait pas fait. Mais elle. Envolée. C'était comme un larcin. Je ne mettais pas en cause son honnêteté, du reste. Je ne cachais pas la petite provision de liquide que je renouvelais chaque semaine. Trop de déboires avec les billetteries en panne. Non. Simplement, elle me prenait quelque chose, Laura. Je n'arrivais pas à voir quoi, mais je le sentais. Dès la première semaine, je l'avais senti. Et à la fin de cette première semaine, oui, j'ai commencé à me méfier.

J'ai anticipé le lundi suivant comme une épreuve. Alors que, la semaine précédente, c'était clair, pour moi, c'était le contraire. Un plaisir. Un contentement. Mais là, je n'avais plus envie d'y arriver, au lundi. Ça m'a quand même aidé à passer le week-end, parce que je me disais profites-en, tu n'y es pas encore, au lundi, occupe-toi donc comme tu sais faire. J'ai multiplié les coups de fil, ce dimanche-là. Ah non, disais-je, je suis un peu pris, en ce moment. Mais dès que j'ai un trou, pas de problème. Salut. Ou je t'embrasse. J'embrassais des femmes au téléphone, parfois, le week-end. J'en connaissais, des femmes. Qui pleuraient, qui ne pleuraient pas. Qu'est-ce que je suis entouré, me disais-je.

Le lundi suivant, donc, ça n'allait pas. Je ne demandai aucune nouvelle à Desrosiers, pour son père. Je n'arrivais pas à travailler, je cherchais. Et, curieusement, ça n'était pas plus difficile de chercher, avec le travail. Souvent quand on est pris, c'est connu, ça, on trouve l'énergie pour le reste.

Et c'est en téléphonant à Rouvier, mon homologue du troisième, que j'ai compris.

Laura, le lundi – ce jour-là, donc, notamment –, elle vivait quatre heures de sa vie chez moi. Passait l'aspirateur, sans doute. Mais pensait, aussi. On pense, en passant l'aspirateur. Et ça se passait chez moi, ces pensées, quand elle passait l'aspirateur. Et c'est cette vie, là. Ce bout de vie. C'était à elle, sans doute, mais le lieu où ça advenait, comment dire. Je le fournissais, moi. Et non seulement je le fournissais, mais c'était le mien. Mon lieu à moi. Où je vivais. Et elle. C'est ça qu'elle prenait, en venant chez moi, Laura. Ce bout de vie, ce bout de vie à elle. Qu'elle remportait, donc. En laissant quelques traces, soit. Mais ce n'est pas avec trois grains de poussière sur une lampe que je le recomposais, moi, ce bout de vie. Egoïsme, me disais-je. Egoïsme de cette femme qui vient chez moi et ne me laisse rien. Pour l'essentiel, rien. Du propre.

J'aurais pu le prendre bien, évidemment. Me repaître du spectacle. Un peu d'ordre, de netteté. Comme un cadeau, en somme. Un cadeau payant, mais tout de même. Mais non. Dans le propre, ce que je voyais, moi, c'est la poussière. Je ne parle pas de celle qui restait. Non. Je parle de l'autre. Celle qu'elle enlevait. Qu'elle m'enlevait. Comme elle m'enlevait les taches. Comme elle s'enlevait, elle-même, de chez moi, une fois la chose faite. Je ne crois pas que ça puisse sérieusement durer, me disais-je.

Je l'ai appelée, ce lundi. Vous en êtes où ? lui ai-je dit. Je n'entendais pas l'aspirateur, évidemment, elle avait dû le couper pour répondre. Je fais le salon, là, me dit-elle. Après, j'attaque la salle de bains. Ça se passe bien ? lui dis-je. Vous n'avez besoin de rien ? Vous me l'avez déjà demandé la semaine dernière, me dit-elle. Oui, bien, sûr, dis-je, je ne veux pas vous déranger, c'est parce que je voulais savoir. Ben vous savez, maintenant, me dit-elle. Vous n'avez pas besoin de moi ? lui dis-je. Mais non, me dit-elle, d'ailleurs c'est plutôt vous qui avez besoin de moi, c'est pour ça que vous m'avez engagée, non ? En effet, dis-je, en effet. En tout cas, ça se passe bien, me dit-elle, ne vous inquiétez pas, je fais le ménage, la dernière fois je l'ai fait, non ? Oui, dis-je. Ecoutez, Laura, ajoutai-je, je peux vous appeler Laura ? C'est mon nom, me dit-elle. Laura, dis-je, il y a juste un problème. Je pensais au jour. Au jour ? dit Laura. Oui, dis-je, le lundi. Oui, dit-elle. Ça ne m'arrange pas, le lundi, dis-je. Ah bon ? dit-elle. Oui, dis-je. C'est trop loin du week-end. Dans le sens du temps, vous voyez ? Enfin, en comptant à partir du lundi, ça met le week-end loin, expliquai-je. La poussière se reforme, vous comprenez ? C'est fatal. J'en laisse peut-être un peu, me dit-elle. Non, dis-je, non, ce n'est pas ce que je veux dire, Laura. Vous n'y pouvez rien. La poussière se reforme, c'est tout. Et je l'ai, moi, le week-end, la poussière. Le petit supplément de poussière. Tandis que si vous veniez le vendredi, vous comprenez ? Le week-end, je serais tranquille. Et puis la poussière en semaine, c'est différent. La poussière le soir, si vous préférez. Vous me suivez ?

La poussière le soir, répéta-t-elle. Ah oui. Oui. Mais je ne comprends pas pourquoi, me dit-elle. Pourquoi quoi ? lui répondis-je, sans lui laisser finir sa phrase, mais elle me coupa à son tour : pourquoi vous n'y avez pas pensé plus tôt, dit-elle. Là, je marquai un temps, je réfléchis, très vite, et je lui répondis que je n'étais pas spécialiste, en fait. Ça ne m'intéresse pas plus que ça, lui dis-je, la poussière. Je ne me penche pas dessus depuis très longtemps. Alors est-ce que ce serait possible ?

Je vais peut-être essayer de m'arranger, dit-elle. Peut-être ? dis-je. Non, dit-elle. Je vais essayer de m'arranger. Je ne suis pas trop prise, en ce

moment. Mais pour ce vendredi, dit-elle. Quoi ?
dis-je. Ce serait ce vendredi ou l'autre, dit-elle. Ce
vendredi-là, c'est peut-être un peu court. L'autre,
c'est loin.

Celui-là, dis-je. D'ailleurs, ajoutai-je, il me vient
une idée, là, vous pouvez peut-être venir deux
fois. Faire un peu de repassage. Vous repassez ?
Oui, me dit-elle, évidemment. Vous voulez que je
vienne le lundi et le vendredi ? dit-elle. Oui, dis-je.
Par exemple.

J'étais content que nous nous fussions mis d'accord. Le vendredi matin, donc, je me levai tôt pour l'attendre. J'avais effectué quelques sondages, chez moi, la veille au soir, et même au matin, déjà, pour voir où ça en était, sur le plateau des meubles, si ça se reformait ou non, j'en avais ramassé un peu du bout de l'index, mais je n'avais rien enregistré de vraiment palpable. A peine un commencement de duvet, quelques grains, en vérité, mais qui ne formaient pas nappe, encore moins couche. Ce matin-là, heureusement, ç'allait un peu mieux. Sur la cheminée du salon, par exemple, je distinguai des zones plus claires, je dis plus claires parce que le gris éclairait çà et là le noir du marbre. En outre, j'avais deux chemises propres en attente, sorties la veille de la machine, encore un peu fraîches, mais je fondais mes espoirs sur l'humide, justement, sans passer par l'eau distillée, je veux dire, les gens qui ont déjà

28

tenu un fer à vapeur dans leur vie me suivront, je pense, ça me paraissait jouable.

Laura, évidemment, ne savait pas que je l'attendais, je ne lui avais pas rappelé que j'étais là, le vendredi, et ce n'était pas exactement un rendez-vous, mais, me disais-je, ce n'est pas non plus une raison pour qu'elle arrive en retard. Je la payais de huit à douze, moi. Et il était huit heures cinq, là. Mais je m'inquiétais moins de son retard que de ma tension, qui montait, dont je redoutais qu'elle ne se vît, et sur laquelle je craignais que Laura ne se méprît. Je ne l'attendais pas pour surveiller ses engagements horaires. En même temps, je ne voulais pas qu'elle crût que je l'attendais pour la voir. Encore moins pour rester avec elle. Or ma tension tenait à ça, c'est ce qu'elle reflétait, ma tension, ma peur qu'elle ne vînt pas. D'ailleurs ce serait peut-être mieux, me dis-je. Sinon, je vais faire comment, moi, pour paraître normal ? Puis j'entendis le bruit de sa clé dans la serrure.

Elle n'arrivait pas à ouvrir. C'est vrai que mon double coinçait un peu, il fallait forcer mais pas trop non plus pour investir totalement la serrure, c'était une question de doigté, et, quitte à ce que Laura me découvrît chez moi, je pris les devants, je lui ouvris de l'intérieur.

Bonjour, lui dis-je le premier, l'air de celui qui accueille.

Elle me répondit, poliment, mais je vis bien qu'elle ne trouvait pas ça normal, que ma présence chez moi lui paraissait étrange, voire douteuse. Au reste, j'étais habillé, prêt à sortir, apparemment, c'est ce qu'elle pouvait se dire, mais je n'étais pas du tout prêt à sortir, en vérité, et je dus faire des efforts pour ne pas avoir l'air de m'installer.

Entrez, lui dis-je. Ça ne vous dérange pas de commencer par la cuisine, comme la dernière fois ? A moins que je ne vous fasse un café, là, vous voulez un café ?

Je veux bien, dit-elle.

Ça ne commençait pas mal. Pendant que je préparais la cafetière, j'entendis un petit bruit sec sur le sol, dans l'entrée, et, quand Laura me rejoignit, je vis qu'elle avait mis des chaussons, et je me suis dit que ça ne se poursuivait pas mal non plus. Mais je n'étais pas dupe, j'avais déjà entendu parler de ces histoires de chaussons, chez les femmes de ménage, ça ne voulait pas dire qu'elle s'installait, bien sûr. C'était juste pour être à l'aise et peut-être pour ne pas gêner les voisins du dessous, s'il y avait des voisins du dessous en semaine, le matin, dans son esprit. Enfin, tout de même, j'étais ému. Je nous servis nos cafés, que nous bûmes, silencieusement, tandis que je la regardais se demander ce que je pouvais bien faire là, le vendredi matin, à boire tranquillement un café avec elle, et qu'elle me regardait pour tenter d'y voir clair. Nos regards se croisaient, donc, mais, en bons véhicules qu'ils étaient, conduits avec prudence, ils ne se rencontraient pas. Une fois croisés, en quelque sorte, ils se dépassaient sans heurt et poursuivaient leur chemin dans le regard de l'autre, à la recherche d'une réponse. C'étaient des coups de sonde, en fait, des regards d'avant l'échange, avec toutefois, en surface, un petit partage de cette timidité qu'induisait chez nous la conscience coupable que nous nous cachions l'un de l'autre.

Un tel malaise, indiscutablement, crée des liens. Nous cherchions, maintenant, à échanger quelques mots qui pussent ne pas nous trahir tout en nous libérant du poids de nos secrets, et cette recherche, même si elle n'aboutissait pas, commençait à nous rapprocher, phénomène dont nos silences respectifs, précisément, donnaient toute la mesure. Bref, nous nous taisions, attentifs l'un à l'autre, et je reposai ma tasse, pour ma part, dans un état d'exaltation tel que je faillis la

briser sur le carrelage du plan de travail, paralysé
ensuite à l'idée que je ne pouvais guère expliquer
la violence de mon geste par la teneur de ma
boisson en caféine, laquelle n'avait pas eu le
temps d'agir.

Bon, fit Laura, je vais m'y mettre, moi, et je la
vis pousser la porte des toilettes, puis en ressortir,
des toilettes, avec le balai. Ça donne peut-être une
idée de comment c'est, chez moi, où je n'ai pas la
place de mettre le balai ailleurs. Mais ça me donnait surtout, à moi, une idée sur la façon dont
Laura concevait le ménage. Je sortis de la cuisine,
où je la laissai avec mon balai – mon balai normal,
hein, pas brosse –, et gagnai le salon où je m'ins-
tallai sur le canapé en me demandant ce que
j'allais y faire. Quelques revues traînaient sur la
table basse, que je ne lisais pas en temps ordinaire,
c'est dire si dans les circonstances présentes j'avais
envie de m'y plonger. Face à moi, j'avais bien la
télé, mais je ne la regarde pas le matin. Je me dis
donc que le mieux était d'écouter un peu le bruit
que pouvait faire Laura dans la cuisine, mais un
balai ne fait pas de bruit, surtout à la distance où
j'étais, et du reste Laura venait de brancher la
radio.

J'ai une radio dans la cuisine.

Or ce que j'attendais, moi, parce que j'attendais quelque chose de précis, autant le dire tout de suite avant que ça n'apparaisse plaqué sur le reste, parce que ça ne l'était pas, plaqué, à ce moment, c'était un aspect de ma frustration, donc, ce que j'attendais, moi, de la part de cette femme, c'était d'abord qu'elle passât l'aspirateur. C'était le bruit rassurant de l'aspirateur qu'elle eût passé en me procurant ce minimum d'inconfort auditif qui porte en lui la promesse de son envers, le confort total, donc, résultant du nettoyage à fond. Autrement dit, ce que j'étais en droit d'espérer, depuis le début, c'était l'agaçant vrombissement de l'appareil préparant la lente assomption du propre, dans cette ambiance cataclysmique si nécessaire, me semblait-il, à la perception de la quiétude qu'elle se plaît à préparer sous le masque.

Mais non, mais non, me disais-je donc. Laura n'a pas branché l'aspirateur. Elle a juste branché ma radio. Mais pas ma station, non. La sienne diffusait une musique de danse aux allures métronomiques. Et je me disais bon, ça ne me plaît pas trop, ça, d'autant que je commence à me demander si, au fond, cette affaire de non-branchement d'un côté, et de branchement de l'autre, ce ne

serait pas parce que le bruit de l'aspirateur l'empê-
cherait d'entendre celui de la radio. Ce qui expli-
querait d'ailleurs pourquoi, quand je lui téléphone
du bureau, je n'entends pas l'aspirateur. Encore
que ça ne prouve rien, je le sais, puisque aussi
bien elle peut couper l'aspirateur quand elle
répond au téléphone. En attendant, me disais-je,
elle ne l'a pas branché, l'aspirateur, on va voir si
elle s'en sert quand elle attaquera le salon.

J'avais donc des doutes, là, sur ma femme de
ménage. D'un autre côté, je me disais c'est elle,
quand même. C'est quand même avec cette
femme que tu voulais te trouver, non, ce vendredi ? Cette femme de ménage, oui.

Non, me disais-je, peut-être pas. Peut-être pas
vraiment de ménage, à la réflexion. Peut-être pas
spécialement de ménage. Ou pas seulement. Mais
cette femme, oui. Une femme. Qui soit là. Et qui,
parce qu'elle est de ménage, n'a pas choisi d'être
là. Je me comprends : que tu n'as pas forcée à le
choisir, d'être là. Une femme libre, en somme, et
qui se trouve chez toi contractuellement, certes.
Mais naturellement, en un sens.

Pas comme toi, bien sûr. Tu ne t'y trouves pas
naturellement, toi, chez toi. D'où l'impossibilité
de t'y tenir.

34

Et donc je me levai. J'arpentai le salon, qui comporte une partie salle à manger, et tournai autour de la table, c'est une assez belle pièce qui permet ce genre de latitude. Mais tourner comme ça ne me plaisait pas trop non plus, sauf à le faire téléphone en main, téléphone sans fil, j'entends, j'aimais bien tourner autour de ma table avec mon téléphone sans fil. Je le décrochai, cherchai vite un numéro à composer avant que la longue tonalité d'ouverture ne se segmentât, trouvai celui de Lucien, le composai, regardai ma montre, trop tôt, me dis-je. Trop tard, bien sûr, Lucien décrochait, il fallait bien que je lui dise quelque chose. Il m'y aida, toutefois, en me demandant si ça allait. Très bien, pus-je alors lui dire, et je me mis à tourner autour de la table. Je lui demandai si, lui aussi, tournait autour de sa table, en ce moment. Non, me dit-il, je suis au lit, là. Je ne te réveille pas ? dis-je. Si, me dit-il, mais c'est très bien. Je devais me lever. Tu fais quelque chose, à midi ? enchaîna-t-il. A midi, oui, dis-je. Et demain ? dit-il. Ah non, pas demain, dis-je, c'est impossible. Ni dimanche. Alors le mieux c'est peut-être qu'on se rappelle, non ? dit-il. Oui, dis-je. Mais c'est toi qui rappelles, alors, précisai-je. Tu peux bien appeler de temps en temps, toi aussi, hein ? D'accord, dit-il.

Nous raccrochâmes. Quand Laura entra dans le salon pour le faire, le salon, je n'avais plus le téléphone en main. Elle, avait toujours le balai. Or il est utile, m'avisai-je, quand la femme de ménage entre dans le salon avec le balai, de tenir aussi quelque chose. Ou, à défaut, d'avoir l'air occupé en ne tenant rien, mais, je pèse mes mots, j'y ai réfléchi depuis, c'est plus facile à dire qu'à faire. Et je ne tenais rien. Et, fatalement, je n'avais pas l'air occupé. Je m'étais rassis dans le canapé, après mon appel, et quand Laura était entrée je m'étais levé. Ce qui était idiot, parce que j'avais l'air de l'accueillir sans arrêt, ce matin-là, il ne me manquait plus que d'aller me réfugier ensuite dans la salle de bains pour l'y attendre, ç'aurait été complet, sans même parler de la chambre. Il faut que je me calme, me dis-je, il faut absolument que je m'occupe pendant qu'elle passe le balai un peu partout, et surtout que dans l'immédiat je change de pièce.

Loin d'avoir l'air de l'accueillir, en définitive, je m'efforçai donc de la croiser comme si je quittais le salon. Mais, au moment où je m'effaçais pour la laisser passer, elle me demanda si elle pouvait brancher la chaîne. Se confirma alors pour moi l'intérêt du balai, du silence du balai, par contraste avec l'aspirateur, et je lui dis qu'elle pouvait, oui. Réfugié dans la chambre, je perçus la même musique que celle qu'elle avait fait naître dans la cuisine, et que diffusait toujours ma radio, du reste, si bien qu'il m'était impossible, où que je me trouvasse, d'échapper à son martèlement. Mais ce n'était pas tant ce genre de musique qui me gênait que l'écran qu'elle interposait de toute façon entre ma femme de ménage et moi, à l'inverse de ce qu'eût produit le bruit de l'aspirateur, dont l'implicite et apaisante finalité, bien sûr, eût installé entre nous une façon de lien fédératif. Si Laura mettait de la musique, je le ressentais vivement, c'était pour se couper de moi, et, bien que je lui reconnusse un tel droit, je ne trouvai aucune raison particulière de m'en réjouir.

J'en cherchai une, cependant, arguant en fin de compte que Laura me prouvait ainsi qu'elle, du moins, se sentait à l'aise chez moi, ça faisait toujours quelqu'un qui s'y trouvait bien, donc, et en ma présence, qui plus est, ce qui était assez mirifique, au fond, et je pris le parti de m'en contenter. J'évoluai ainsi entre le consentement et la déception, liée à l'aspect séparateur de la musique, mais enfin tout restait possible, pour l'instant, et je pris en outre le parti d'attendre.

37

Avant que Laura n'eût fini le salon, toutefois, j'en avais pris un autre. Je préférais, en effet, avoir l'air de ne pas avaliser totalement l'usage que ma femme de ménage faisait du seul balai dans un environnement où la poussière, à l'évidence, était trop présente pour que, sous les coups de cet instrument sommaire, elle ne volât point pour aussitôt se redéposer. J'entrai donc dans le salon, m'apprêtant à questionner sérieusement Laura sur sa conception du ménage, mais, outre que la musique atteignait un volume tel que j'eusse d'abord dû la prier d'en réduire le volume afin qu'elle m'écoutât, elle avait posé le balai et tenait en main un chiffon dont elle essuyait le plateau de la cheminée avec une application troublante. D'où sortelle ce chiffon, mystère, me dis-je du reste. Puis je me souvins que Constance avait coutume d'en serrer une petite trentaine sous l'évier, dans la cuisine, au sein d'un seau en plastique – jaune, me souvins-je également, dus-je me souvenir, même, n'ayant pas le choix, puisque je ne m'étais jamais aventuré sous l'évier depuis son départ. Toujours est-il que je n'avais pas vu Laura entrer avec, dans le salon, tout à l'heure.

Application troublante, disais-je. Car, de fait, j'étais troublé. En effet, je l'avais déjà remarqué,

Laura de dos était expressive, mais là, avec cette
façon qu'elle avait de vivre comme aux frontières
de sa jupe, d'où semblait sans cesse prêt à l'expa-
trier le constant quoique discret mouvement de
reins qu'entraînait le va-et-vient du chiffon, et que
la musique apparentait à une mouvance, celle-là
causant d'ailleurs possiblement celle-ci, pour partie, eh bien ça me sautait aux yeux. Et, pour la
première fois, je m'avisai qu'il n'était pas exclu
que ma femme de ménage pût exercer sur moi
quelque attraction sans rapport avec l'ordre, et
même en rapport avec le contraire de l'ordre, je
pensais bien sûr à cette façon dont non plus la
poussière, ici, mais certains effets volent, puis
retombent au hasard, quand la conscience lâche,
submergée, et que nous couchons avec elle, notre
conscience, oui, dans cette sensation de noyade,
cet état d'urgence où tous les contraires chaoti-
quement s'épousent, j'ai l'air d'exagérer, mais
non, c'est à ça que je pensais. Mais je n'en étais
pas là, évidemment, ce n'était que la deuxième
fois que je la voyais, Laura. Et si, comme je fais
partie de ces hommes qui ne calculent pas, je ne
prenais aucune précaution pour y penser un peu
longuement, je n'y pensais pas en revanche obses-
sionnellement, non, parce que je n'aime pas trop

rester seul avec ce genre d'images, ça n'est pas bon.

J'observai donc Laura, maintenant, avec davantage de maîtrise, constatant par exemple que, sur le plateau de la cheminée, elle contournait les bibelots, car j'ai des bibelots chez moi, je n'arrive pas à jeter, et je me dis qu'un jour ou l'autre il faudrait bien que je le lui dise, Laura, il faudrait les soulever, ces bibelots, mais je ne me sentais pas encore mûr pour ça, ou bien c'était elle qui n'était pas mûre, si jeune, en vérité, qu'à lui donner quelque consigne j'eusse eu l'impression de la brusquer, d'aller trop vite, d'être désagréable.

Pour cette fois, donc, je me dis que ça irait, qu'il y avait là d'abord une question de temps, d'ancienneté, de passé commun sans quoi rien ne serait possible. Et j'eus seulement à me concentrer, désormais, pour trouver l'attitude juste, l'occupation précise en ces circonstances où une femme chez moi travaillait en ma présence sous contrat tacite, car Laura ne voulait pas être déclarée. Et, au moment où, me dirigeant en désespoir de cause vers la bibliothèque pour y prendre un livre, j'hésitais devant ce geste pour des raisons d'ailleurs discutables, me semble-t-il, le téléphone sonna. Mais au bout du fil il n'y avait personne, en tout cas je n'entendis personne. Et j'eus beau dans le micro appeler à ce qu'on se signalât, nul son ne me parvint qu'une vague rumeur d'espèce urbaine. Après quoi je ne perçus plus dans l'appareil qu'un bruit d'appareil, puis d'appareil qui se coupe, et je dus raccrocher.

C'était un échec, en somme, déjà que je ne faisais rien en présence de Laura il fallait qu'en plus je ne fusse pas capable sous son regard de décrocher un téléphone durablement, de parler, de vivre, en un mot, et qu'à mes questions répétées se fût opposé un silence visible, si j'ose dire, sur lequel il fallait absolument que j'enchaînasse. Laura, dis-je, et là j'étais prêt à lui dire, faute de mieux, pour les bibelots, ou pour l'aspirateur, mais, comme elle me regardait, son chiffon à la main, je n'en eus pas le courage. Je me tus. Oui ? me dit-elle. Non, rien, dis-je, et je vis bien que de face, maintenant, elle me troublait aussi, mais peut-être, me disais-je, est-ce simplement que tu es sensible, en ce moment, sensible aux femmes, pas spécialement de ménage, sensible à tout, à toutes, et pourtant, me disais-je. Pourtant tu avances, tu sais bien que tu avances. Et que si tu es là, aujourd'hui, avec elle, c'est juste que tu es encore fragile, fatalement, et que tu as besoin de quelqu'un, de quelqu'un dans ta vie qui ne soit pas un homme, non plus qu'une femme lointaine, ou une amie, non, une femme, simplement, même une femme que tu ne touches pas, que tu n'aimes pas, qui ne t'aime pas, qui ne te touche pas, juste une femme comme ça qui est là et qui te permet de poursuivre, d'oublier encore mieux que ça Constance, parce que tu tiens le bon bout, là, avec Constance, tu vois bien qu'au fond ce n'est pas grand-chose.

Non, ce n'était pas grand-chose. Je parle de Laura. Un peu d'émotion, sans doute. Un peu d'amour, si on veut, on ne va pas commencer à se battre sur les mots, d'amour à donner ou à prendre, en attendant mieux, mais pas grand-chose, non. Il n'y avait pas de quoi se troubler, en fait. Laura, repris-je donc. Je vais sortir pour une course. Je ne serai plus dans vos pieds. Vous faites ce que vous voulez, me dit-elle. Bien sûr, dis-je. Bon, ajoutai-je. A plus tard.

Et je la quittai. Je me sentis mieux. C'est-à-dire bien. Je n'avais rien à faire dehors, mon frigo était plein, ou vide, d'ailleurs, je ne me souvenais plus, et je n'avais pas assez de temps devant moi pour passer voir Claire, dont je n'étais pas certain qu'elle eût apprécié ma visite. Mon geste, sans doute, mais pas ma visite. Je l'appellerais tout à l'heure. De chez moi. Je voulais quand même rentrer avant que Laura ne s'en aille. J'avais décidé de lui dire au revoir.

Et c'est comme ça, donc. C'est comme ça que Laura a continué de venir deux fois par semaine, chez moi. Une fois sans moi, le lundi, une fois avec, le vendredi. Mais je ne restais pas, non. Nous buvions ce café dans la cuisine, elle branchait la radio, puis la chaîne, puis je sortais, enfin je rentrais pour lui dire au revoir. Les semaines passaient, et, peu à peu, prudemment, j'avais fini par aborder la question des bibelots. Mais pas celle de l'aspirateur. La musique, maintenant, avait changé de sens, elle ne me coupait plus d'elle, elle était devenue le signe de sa présence. Et puis chez moi, à force, c'était devenu propre, je vivais dans l'ordre, en gros, et même un peu dans la beauté, aussi, à l'exception de la musique, bien sûr : Laura avec le temps s'affinait sous mon regard, son corps imposait sa plastique particulière, sa taille insuffisamment prise, par exemple, semblait une concession faite à l'évasement de ses hanches, à sa cambrure, son visage révélait maintenant une amorce de cernes, comme d'un mûrissement sensible, son extrême jeunesse avait cessé de me distraire. J'avais même surpris, un jour, à la courbe de sa paupière, certain renflement qui témoignait d'une peine, ou à tout le moins d'un souci dont l'évocation, secrète, par mes seuls soins, était passée sur moi comme une ombre, avec la tristesse et aussi la douceur de l'ombre.

Je commençais à m'habituer à elle, en fait, comme on s'habitue à une présence, à la présence d'un être qui vit là depuis longtemps mais dont on ne se lasse point, car pour l'essentiel, c'est bête à dire, il vit ailleurs. Et les quelques élans de désir que j'avais vers elle s'abolissaient, toujours, comme s'abolit la tentation de l'excès quand il ne s'accompagne pas d'amour vrai, dans une vie qui, sur le fond, ne saurait s'en priver. D'autant que Laura ne m'encourageait pas dans cette voie. Sensuelle, notamment au travail, dès qu'elle tenait en main quelque chose, balai, chiffon, vaporisateur de liquide lubrifiant, elle l'était, certes, avec toujours ces mouvements qui s'apparentaient à une danse, mais en revanche jamais un regard. De trop, j'entends. De ceux que nous nous adressions, s'il eût convenu de faire la somme, en fin de mois, nous eussions tiré quelque nombre pair, toujours divisible par les deux que nous étions, là, à nous rencontrer maintenant sur le serein versant de l'échange minimal. Nous nous remerciions ainsi, elle et moi, d'avoir affaire ensemble sur des bases saines. Nul regard en coin, à l'exception des miens, bien sûr, mais je n'ennuyais personne avec ça, pas même moi. J'étais bien, dépassionné, tranquille. Je sortais de chez moi non seulement le vendredi, quand Laura était là, mais également le week-end, où il me semblait que ma présence chez moi n'était plus indispensable. Et, dehors, j'avais moins besoin d'être seul, maintenant, je commençais à ne plus me suffire, je me cherchais des prolongements dans l'espace, m'inventant des nécessités de promenade, voire dans le temps, anticipant parfois l'heure qui venait, décrétant par exemple que je devais voir des gens. Je me sentais en expansion, avec aussi un besoin de parler, ou de me trouver en position de le faire.

Je passai voir Claire, une fois, après son accord téléphonique, et elle m'accueillit sans lunettes, le visage pâle, nettoyé par les larmes, mais non point enflé, comme si le chagrin chez elle, un peu comme chez moi, quelque temps plus tôt, eût commencé de s'évacuer en laissant la place nette.

Nous n'avions pas encore grand-chose à nous dire, nulle certitude ne nous habitait qui nous eût permis de fonder un discours, sans doute, d'ouvrir un débat quelconque, mais nous nous sentions bien, tandis que nous consommions sans gêne nos silences. J'avais même pris l'initiative, quelques jours avant, dans la perspective de notre rencontre, de voyager un peu sous terre, sans autre but que de renouveler mon stock d'anecdotes, et j'avais eu de la chance.

J'ai eu de la chance, disais-je donc à Claire ce jour-là au terme d'une longue pause où j'avais eu le temps de saisir, dans le délavé de son visage, ce qui participait de l'apaisement, l'autre jour sur un quai il y avait une femme. Elle semblait attendre non la rame, mais quelqu'un. Et, avant que la rame n'arrive, un homme était là, près d'elle, qui l'embrassait fugacement et que je n'avais pas vu venir. Il portait de la main droite une serviette en toile surgonflée qu'il amena contre son torse, son torse à lui, en appui sur son avant-bras gauche, et, de la main droite, désormais libre, il en pressa le clic et l'ouvrit. Puis, l'ayant fouillée difficultueusement comme s'il y cherchait un stylo ou tout autre objet de dimensions brèves, il en sortit un sandwich. Il le lui tendit, avec un sourire doux mais aussi entendu, et elle le prit, avec le même sourire. Avant que la rame ne fût à quai, elle l'avait entamé. L'extraordinaire, expliquais-je à Claire, est que tout cela, bien que ou parce qu'aucun échange d'argent ne s'était produit, avait l'air d'un trafic de sandwiches, peut-être à cause de la serviette, qui ne me semblait pas appropriée à ce type de contenance, mais aussi parce que l'homme, tel un dealer lucide, ne mangeait rien tandis qu'il couvait du regard la femme, dont l'extrême appétit semblait d'ailleurs le troubler comme si le sandwich avait contenu quelque substance qui eût menacé sa compagne d'overdose. Mais l'essentiel n'est pas là, l'essentiel s'était déjà produit, quand l'homme avait tendu le sandwich à la femme. Il y avait dans son geste de la malice et de l'amour, et je me suis essayé à reconstruire ce qui avait précédé une telle scène. J'ai mon idée. Et toi ?

Je ne sais pas, me dit Claire. Peut-être que son idée, à lui, c'est de la nourrir, que c'est sa façon de l'aimer.

Je ne crois pas, dis-je. Je crois qu'ils étaient pressés, que l'homme avait dû se nourrir avant elle en chemin, j'ignore pour quelle raison, fringale, peut-être, faim préludant au désir, parce

48

qu'ils allaient faire l'amour, je le sentais. Elle avait l'air de l'aimer, elle aussi.

C'est plat, ton explication, me dit Claire.

Trouve mieux, dis-je.

Elle se tut. Je croyais l'amuser, elle était au bord des larmes. Tu ne vas pas pleurer, dis-je. J'aimerais bien, si, me dit-elle. Alors vas-y, dis-je, mais je ne me sens pas responsable, je voulais te faire sourire, moi.

Ça me fait sourire aussi, me dit-elle.

Elle pleura, pas trop, je m'attendais à pis, puis nous nous quittâmes. Tôt. J'avais tout de même présumé de ses forces. Non des miennes. Je me sentais plus que capable, à présent, à l'aise, dirais-je, face à la douleur des autres, et j'éprouvais de façon croissante la sensation d'avancer. Dans la semaine, je rendis même visite à Charles, que je n'avais pas eu le courage d'appeler depuis des lustres, pour lui dire que j'étais content de le voir, que ça faisait un bail. Son récent poste à responsabilité l'empêchant de dormir, je m'efforçai de le rassurer en lui rappelant que tourner le dos à l'ambition, désormais, correspondrait pour lui à un échec. Accroche-toi, l'encourageai-je donc. Ecrase tes rivaux. Va au bout de tes forces. Ne tiens pas compte de tes choix politiques.

D'ailleurs, tu n'en fais pas, de politique. Dirige, tu t'arrangeras plus tard avec les syndicats. Considère la démission comme un outil de dernier ordre.

Et toi ? me dit-il.

Moi, ça va, dis-je. J'ai douze personnes au-dessus de moi, cinq au-dessous. Je ne peux plus monter. Ou alors en passant à plein temps. Je ne le souhaite pas.

Tu as toujours ton vendredi ?

Oui.

Je vais quitter Maryse, me dit-il.

C'est bien, dis-je. Je suis content pour toi. Tu as quelqu'un ?

Non, me dit-il.

Bravo, dis-je.

Je cherche, dit-il.

Formidable, dis-je.

Et toi ? dit-il.

Je regardai ma montre.

Je vais y aller, dis-je. J'ai rendez-vous à vingt heures avec une femme superbe, d'une intelligence rare, elle me plaît énormément, je crois qu'elle m'aime, et il est dix-neuf heures trente.

Repasse, me dit-il.

Toi aussi, tu peux passer. Heu, pas tout de suite quand même, précisai-je, pas dans les semaines qui viennent, en revanche je pense qu'en août.

On s'appelle, alors, me dit-il. Parce que moi, en août.

Si tu préfères, dis-je. Mais c'est un peu à toi, maintenant.

Dans les temps qui suivirent, je pris mes distances avec Laura. Le lundi, au lieu de l'appeler du bureau à huit heures, je l'appelais vers midi, comme elle se chaussait pour partir ou qu'elle passait un dernier coup sur le rebord de l'évier. Je lui demandais des nouvelles, brièvement, des nouvelles d'elle, pas du ménage, mais sans entrer dans le détail, dont j'ignorais d'ailleurs tout. Elle me répondait invariablement que ça allait. Une fois, elle me parla de sa mère, elle était malade, mais ça va, dit-elle. Vous êtes sûre ? Oui, dit-elle.

Le reste de la semaine, je sortais pas mal le soir, sonnais à des portes sans prévenir, entrais chez Pierre, Paul, Jacques, ressortais vite, ou encore je passais des coups de fil à Claire, dont je préparais doucement le retour, le retour à la vie, j'entends, elle ne m'avait jamais quitté, elle, et moi non plus, c'est beau quand même me disais-je l'amitié avec une femme, suffit que le désir ne s'en mêle pas, or il ne s'en était jamais mêlé, le désir, peut-être parce qu'on le surveillait, on ne tenait pas à ce qu'il nous dérange, le désir, et qu'il vienne nous gâcher la conversation. Bref, j'étais content de l'avoir dans ma vie, Claire, et je priais pour qu'elle recouvrât sa bonne humeur, ça me manquait. Quant au vendredi, c'est simple, Laura, je la voyais à peine, bonjour-au revoir, guère plus, une fois même j'étais parti de bonne heure, je ne l'avais pas attendue, j'étais juste revenu vers onze heures et la différence avec les fois précédentes c'est que je lui avais dit bonjour en entrant, en entrant moi. Et puis j'ai eu aussi l'impression qu'elle m'attendait, mais je n'ai rien dit. Elle, si. Je peux vous parler deux minutes ? a-t-elle dit. Evidemment, dis-je. Comment va votre mère ?

Pas très fort, a-t-elle dit, et elle a ajouté mais ce n'est pas elle, c'est moi, et à ce moment le téléphone a sonné. Excusez-moi, ai-je dit. J'ai décroché, ça n'a pas répondu, j'ai répété allô trois fois dans l'appareil, mais pas quatre, j'ai raccroché, j'ai dit oui, Laura, je vous écoute.

Je ne travaille pas assez, me dit-elle.

Vous voulez venir un troisième jour ? dis-je.

Ça me paraissait excessif, mais bon, c'était venu comme ça.

Non, me dit-elle. Mais si vous connaissiez des gens.

Oui, dis-je. J'en connais. Je peux leur parler. Mais je n'en connais pas beaucoup qui aient besoin d'une femme de ménage. Ou qui en veuillent une. Autour de moi, les gens font le ménage eux-mêmes.

Mais pas vous, dit-elle.

Moi non, dis-je.

Vous n'aimez pas faire le ménage, dit-elle.

Non, dis-je. Mais pourquoi toutes ces questions ?

Je ne vous connais pas tellement, dit-elle.

Il se fit un silence, ici, puis j'observai que moi non plus, puis j'ajoutai que les autres, ce n'était pas tant qu'ils aimaient faire le ménage. C'est plutôt qu'ils ne veulent pas de femme de ménage, dis-je. C'est plutôt ça.

Le problème, c'est que je ne peux plus payer mon loyer, me déclara-t-elle.

Ah bon, dis-je après un temps de surprise, oui mais, ajoutai-je après un temps d'hésitation, on n'expulse pas les gens comme ça, ne vous inquiétez pas trop, et puis je vais quand même voir autour de moi si.

Le problème, reprit Laura, c'est que la per-

53

sonne avec qui je vis ne veut plus que je reste. Il me demande de partir.

C'est un homme, synthétisai-je donc. Vous vivez avec lui.

Oui, dit-elle. Et il pense que comme on ne s'aime plus ce n'est pas la peine que je reste. Que ça fausserait.

C'est sûr, dis-je.

Parce que c'est la fin, dit-elle.

Oui, dis-je. Je vois.

Et alors je me suis dit, dit-elle.

Ben oui, je comprends bien, Laura, ai-je dit. Mais je vous ferais remarquer une chose, vous voudriez, c'est ça ?

Je ne sais pas, dit-elle. J'ai pensé.

Je comprends, repris-je, je comprends, mais je ne connais personne, moi. Personne qui.

Bien sûr, dit Laura, mais j'ai pensé.

Je comprends, ai-je répété, oui, je crois comprendre, mais, ai-je ajouté, et là, je cherchais mes mots, et puis je me suis lancé, il fallait qu'elle comprenne, elle aussi, j'ai dit mais nous non plus, Laura, et je n'osai pas préciser qu'on ne s'aimait pas non plus, elle et moi, et que ça ne risquait pas de nous mener loin, de ne pas nous aimer, si elle s'installait chez moi, même provisoirement,

ça me paraissait trop fort, donc, tout ça, et puis
ça n'avait rien à voir, et alors j'ai quand même
dit nous ne vivons pas ensemble, Laura, et d'ailleurs il y a une question de place, et puis vous
êtes jeune.

Comment ça ? a-t-elle dit.

Enfin non, ai-je dit, mais c'est la place.

Il y a le canapé-lit du salon, a-t-elle dit.

Vous êtes insistante, Laura, ai-je souligné. Vous
insistez beaucoup et alors moi.

Je demandais ça comme ça, dit-elle.

Peut-être en attendant, ai-je dit, je ne dis pas
qu'en attendant si c'est trop petit chez votre mère,
mais.

Je ne peux quand même pas habiter chez ma
mère, dit-elle.

Je ne sais pas.

Alors vous acceptez ?

Je ne sais pas, ai-je répété. Vous avez beaucoup
d'affaires, chez vous ? Parce qu'il y a aussi le rangement, et puis j'ai des voisins.

On s'en fiche, des voisins, a dit Laura.

C'est sûr, ai-je dit. Je ne suis pas comme ça.
Mais enfin Laura, ça va peut-être s'arranger, avec
votre ami.

Vous n'êtes pas drôle.

C'est-à-dire que quelques jours en attendant je ne dis pas, ai-je cédé, parce que j'avais un peu envie de céder, en fait, j'avais un peu envie de cette femme, chez moi, à la réflexion, peut-être parce que c'en était une, je ne sais pas, jeune mais belle, aussi, et pas désagréable, dans l'ensemble, et en plus elle faisait mon ménage, déjà, j'espère être clair pour tout le monde, seulement j'avais peur des conséquences, des fois qu'à force elle s'y sente vraiment bien, chez moi, me disais-je, je ne vais quand même pas me mettre à vivre avec elle, c'est exagéré, et puis je ne vois pas pourquoi elle prendrait la place d'une autre, cette fille ne m'intéresse absolument pas dans le fond elle a beau être mignonne je ne supporte pas ses cheveux, à moins qu'elle ne les coupe, évidemment. Ras, bien sûr. Qu'elle reparte de zéro. Mais même. Ça va me coincer. C'est quoi, vos affaires ? ai-je dit. Une grosse valise ?

Plutôt deux gros sacs, je pense, a-t-elle dit. Mais je ne suis pas obligée de tout déballer.

C'est la penderie qui est petite, ai-je dit.

Vous avez un rayonnage presque vide, dans la salle de bains, m'a-t-elle rappelé.

Heu, dis-je.

Non mais je peux tout laisser dans les sacs, a-t-elle dit.

C'est plutôt que j'ai l'habitude de mettre mes chemises sur des cintres, dis-je. Je voudrais quand même garder mes cintres.

Pour les hauts c'est pas un problème, a dit Laura, je n'ai presque pas de chemisiers, et pour les jupes je peux aussi les ranger à plat. Dans un sac sous le lit, précisa-t-elle. On peut même tout mettre sous le lit.

Et vous vous habillez comment, le matin ? ai-je dit. Quand je dors.

Ben ça c'est pas un problème non plus, a-t-elle dit. Je dormirai aussi. J'attendrai.

J'émis un claquement de langue, à tout hasard. Ça ne déclencha rien.

Je ne veux pas de musique en dehors du ménage, ai-je dit. Je ne la supporte pas, votre musique.

Il fallait me le dire.

Je ne vous interdis rien pendant le ménage, précisai-je.

De toute façon j'ai un walkman, dit-elle.

Vous n'apportez pas de matériel ici, dis-je. Vos vêtements, d'accord. Qu'est-ce que vous avez, comme matériel ?

57

Je n'ai rien, dit-elle. Rien n'est à moi, là-bas.

Ici, vous aurez tout ce qu'il vous faut, dis-je.

Merci.

Je veux dire que vous n'aurez besoin de rien. Vous devrez seulement participer à la nourriture. Cinquante francs par jour. Si vous mangez là.

C'est beaucoup.

Vingt-cinq.

D'accord pour vingt-cinq, dit-elle. Si je mange là. Je peux venir quand ?

Quel jour sommes-nous ? dis-je.

Vous le savez bien, dit-elle.

Vous pouvez venir dès demain, dis-je. Autant commencer tout de suite. Vous avez les clés.

Vous me sauvez, me dit-elle.

Ecoutez, Laura, dis-je, non.

Je pensais, dit-elle.

Oui ?

Pourquoi pas aujourd'hui ? Qu'est-ce que ça change, pour vous ?

Je me frottai le front, légèrement.

Vous voulez que je vous aide, pour les sacs ?

Non, pas la peine, dit-elle.

Autant s'en débarrasser maintenant, dis-je.

Je n'avais pas retiré ma veste. Elle n'eut qu'à passer la sienne. Quand nous fûmes dehors, je m'aperçus que ça faisait huit mois maintenant que je n'étais pas sorti de chez moi avec quelqu'un. En plus, on marchait ensemble. Je marche auprès d'une femme, me disais-je. Qui va habiter chez moi, en plus. C'est ce qu'on appelle bouger, quand même. Heureusement que je l'accompagne, sinon j'étais à deux doigts de ne pas m'en rendre compte. Vous habitez où ? dis-je.

Ma question était presque anachronique. C'est direct en métro, me dit Laura, sept stations. Nous le prîmes. Dans le wagon, il n'y avait qu'un strapontin de libre, où je l'invitai à s'asseoir. Je voyageai au-dessus d'elle, la main en appui sur la poignée du siège qui lui servait de dossier. Je voyais la racine de ses cheveux. Elle n'avait plus de beaux cheveux, mais, je dois lui rendre cette justice, ses racines n'étaient pas mal. D'ailleurs, je dus m'y pencher deux fois, sur ses racines, parce qu'avec le bruit j'entendais mal ce qu'elle me disait. La première fois, il était encore question de remerciements et je coupai court. La seconde, c'était pour savoir mon prénom. On ne s'est pas compris, lui dis-je. Vous ne vous installez pas, Laura. Nous ne nous connaissons pas. (J'étais donc obligé de me pencher, pour lui expliquer tout ça.) Je ne veux pas de promiscuité, poursuivis-je. Ça ne me paraît pas souhaitable.

Elle se vexa. Or j'ai un gros problème depuis longtemps, je ne supporte pas de faire mal. J'expliquai donc à Laura que je n'avais pas voulu la vexer, et que, si elle se vexait pour si peu, c'était le sien, de problème, mais je manquais de conviction. J'aurais au moins voulu qu'elle se tienne tranquille, faute de paraître heureuse, je ne lui en demandais pas tant, bien sûr. Mais je ne me voyais pas habiter chez moi avec une femme triste. Je vais vous le dire, mon prénom, lui dis-je, il n'y a pas de raison, je connais bien le vôtre. Mais je vous serais reconnaissant d'en user le moins possible. On s'en est très bien passés jusqu'à présent.

Merci quand même, dit-elle.

Nous nous tûmes jusqu'à chez elle. Laura habitait au dernier étage d'un immeuble qui penchait légèrement côté cour, dans une chambre à proximité des toilettes palières. Sa porte ne s'ouvrait qu'à trente degrés avec une seule clé plate qui ne commandait qu'un verrou. On progressait chez elle en file. Son ami n'était pas là, on l'aurait vu tout de suite. Elle ouvrit une penderie qui réduisait du tiers la surface de la pièce, tandis que je prenais le temps d'embrasser du regard la fenêtre, qui donnait sur une façade proche, avec trois pots de fleurs en batterie accrochés dans le fer forgé de l'appui. Je me souvenais de ces pots de fleurs, maintenant, et de mon premier rendez-vous avec Laura, dont le visage portait des marques de terre. Elles avaient disparu, ces marques, à mesure que Laura progressait très lentement dans l'assainissement de mon intérieur, et ça ne m'avait pas frappé plus que ça, peut-être parce qu'on ne s'attend pas que les gens qui ont un chez-soi restent spécialement sales, on se doute bien qu'ils finissent par s'en apercevoir. Mais je m'inquiétais pour les pots de fleurs, je craignais que Laura ne voulût les emporter, je trouvais ça encombrant et lourd, pas seulement du point de vue de la manutention. Je n'abordai pas la question, toutefois, et il me sembla que Laura n'y songeait pas, qu'elle n'avait tout de même pas le culot ne serait-ce que d'y songer. De fait, elle s'absorbait tout entière dans le contenu de sa penderie, et, comme elle en retirait, de ses deux mains placées face à face, l'une au-dessus de l'autre, une petite pile diversement colorée qui me parut ressortir au genre de la lingerie fine ou non mais en tout état de cause de corps, je lui demandai si pendant qu'elle rassemblait ses bagages ça ne la dérangeait pas que je l'attende sur le palier. Non, me dit-elle, mais vous pouvez

62

rester. Alors je vais attendre dehors, dis-je, et je sortis sur le palier.

Un homme aussitôt s'y présenta, qui fit jouer une clé ailleurs. Je soupirai. Je ne voulais pas être dérangé avec Laura. J'avais un peu honte, à nouveau, et je ne souhaitais pas devoir m'expliquer avec un homme qui ne m'était rien. Celui-là, qui ne vivait même pas avec elle, m'avait épinglé d'un bref regard, auquel je n'avais pas répondu. Laura sortit bientôt avec les deux sacs annoncés et nous descendîmes ensemble l'escalier.

Comme il était treize heures, la question se posa de déjeuner, que je pris sur moi d'évoquer par prévenance. On ne va pas se lancer dans la cuisine, dis-je à Laura, on a déjà les bagages à défaire, je propose qu'on mange un morceau quelque part et on rentre, d'accord ?

Je connaissais près de chez moi une brasserie avec une grande arrière-salle qui fait province, un peu chère, mais bon, je n'allais pas m'installer tous les jours avec ma femme de ménage. Je dis m'installer parce que c'était l'effet que ça me faisait, par-derrière. Je n'en pensais pas moins, bien sûr. Choisissez librement, lui dis-je comme elle consultait la carte, c'est moi qui vous invite.

Elle avait de l'appétit. C'est une bonne chose que les femmes mangent, elles aussi, songeais-je en la regardant du coin de l'œil, il n'y a pas de raison, elles sont comme nous, finalement, en tout cas manger les rapproche de nous, ça les rend plus humaines. Ou plus animales, c'est pareil. C'est pareil parce qu'en fait la question n'est pas là, manger ne les rend pas plus proches, ça les rend autonomes. A savoir dépendantes, dépendantes des bouchers, des boulangers, que nous ne sommes pas. Et c'est notre impuissance, qui nous fragilise, face à ce phénomène de la faim chez les femmes, mais c'est aussi cette dépendance, la leur, qui nous touche. Ce côté enfantin. Ce besoin. Si on s'écoutait, on pétrirait le pain, pour elles. On les nourrirait juste pour le plaisir. Mais ce n'est pas parce que je paie, là. C'est exceptionnel. Je ne vais pas l'entretenir, cette fille.

C'était bien ? lui demandai-je avant les cafés. Ça vous a plu ?

Très bien, dit-elle.

On reviendra peut-être, dis-je. On va monter, maintenant, après les cafés. Je les commande.

Je les commandai. Nous les bûmes. Je ne sais pas pourquoi, je me sentais pressé d'en finir, maintenant. Qu'elle pose ses sacs.

Chez moi, elle eut la délicatesse de ne pas se conduire comme chez elle. C'était extrêmement bénéfique, comme sensation, de la voir hésiter en ouvrant ses sacs. Puis de la voir déplier ses petits vêtements avec pudeur, je dis petits parce que Laura était menue, quand on évoque la plasticité d'une femme il faudrait toujours préciser l'échelle, ça peut changer le regard. Personnellement, j'aime bien que les femmes soient un peu petites, j'appréciais donc que Laura ne fût pas très grande, et menue, ça collait avec sa jeunesse. Imaginons à l'inverse une grande femme jeune, je sais que ça existe, bien sûr, mais quand elles sont grandes moi en tout cas je les préfère plus vieilles, enfin pas trop grandes quand même, et pas exagérément vieilles, bref je les aime plutôt petites, et pas trop vieilles, comme les hommes mes semblables, j'imagine, bien que dans ma vie j'aie été capable d'opérer des choix divergents, je ne pratique aucun ostracisme, ce n'est pas mon genre, et d'ailleurs je n'ai aucun genre de femme non plus, et puis ça n'existe pas les genres de femme, il n'existe que le genre des femmes, il me semble. Ce que je veux dire, c'est que je parle seulement d'une préférence.

Donc je préférais que Laura fût ce qu'elle était, et ça tombait bien, parce qu'elle l'était, justement, ce qu'elle était, ça m'aidait dans cette entreprise un peu honteuse d'hébergement. Je dis un peu honteuse d'hébergement pour bien mettre en valeur le spectre de mon attitude, qui vaguait entre hébergement et installation, à savoir les deux extrêmes, dans le domaine de l'habitation, et pour faire bien sentir aussi que je n'agissais pas de façon réfléchie. J'agissais au contraire spontanément, je sais, ça ne veut rien dire. Ça ne veut rien dire du tout parce que tout cela était parfaitement pensé, maintenant, en définitive, j'avais tout à fait conscience que Laura posait ses bagages chez moi, et que ça m'engageait, moi, pour une durée mal déterminable. Je ne suis pas exactement léger, dans mes comportements, et si je ne savais pas trop à quoi m'en tenir, dans les faits j'étais prêt à affronter les problèmes liés à ma décision. La seule chose, c'est que je ne les recensais pas, ces problèmes, je ne les examinais même pas, je les mettais de côté, dans un coin de l'avenir, parce que je m'intéressais d'abord au présent. Et le présent, c'était la répartition des deux endroits où il était possible de dormir, chez moi.

En effet, je ne voulais pas laisser le canapé à Laura, je préférais le prendre, moi, le canapé, et lui laisser la chambre, en fin de compte, même si

Constance y avait dormi, dans cette chambre. De toute façon, Constance n'était plus là, elle était sortie de ma vie, et quand je la voyais maintenant c'était exclusivement de dos, et je ne la rattrapais même plus pour la dépasser et lui faire face. Je pouvais donc laisser la chambre à Laura, le tout était qu'elle voulût bien l'accepter. Or j'eus une heureuse surprise, à cet égard : elle refusa. Je dus donc la convaincre de prendre la chambre, ce qui me paraissait plus confortable, je ne parle pas seulement de la chambre, je parle aussi de mon attitude. Puis, une fois qu'elle en eut admis le principe, je dus insister pour qu'elle y aille vraiment, dans la chambre, après que j'eus changé les draps en lui ayant précisé que je préférais me passer de son aide, pour ça, et qu'elle veuille bien en attendant patienter dans le salon où j'équiperais le canapé plus tard, quand elle rangerait ses affaires sous le lit.

C'était donc une phase très active, entre nous, chacun de son côté nous exécutions notre part du travail, moi me débattant avec les draps qui se gonflaient au-dessus du lit au bout de mes seuls bras et qui s'affaissaient latéralement en manquant le matelas, pour l'essentiel, elle glissant ses vêtements dans le grand sac plastique que je lui avais cédé et qu'elle avait posé sur la table, en attendant de le glisser sous le lit qui allait devenir le sien.

Nous nous croisâmes quelquefois en ces occasions, où nous investissions de concert un espace qui n'était pas tout à fait le nôtre, moi n'ayant jamais dormi dans le salon, sauf une fois, où je m'étais fâché avec Constance, Laura n'ayant jamais dormi nulle part chez moi et découvrant une chambre qu'elle n'avait investie jusqu'alors qu'armée d'un balai discutable, et où, en dehors du travail, elle se tiendrait couchée. Nous nous croisions, oui, et nos regards aussi se croisaient, se rencontrant cette fois en surface, s'arrêtant l'un dans l'autre, mais sans insistance, comme on fait une pause avant de reprendre, avec quand même ce léger ahurissement qui naissait de la conscience de notre efficacité dans une situation qu'un brin d'hésitation, peut-être, eût du préférentiellement marquer. Ahurissement dont, du reste, nous revenions ensemble en échangeant ce que nous pouvions dans le registre du sourire, à savoir quelque chose d'entendu mais de léger, qui glissait, comme nous glissions d'une pièce à l'autre, moi avec mes éléments de literie, assez disparates, elle avec ses jupes, ses hauts et son linge de corps, qu'elle n'avait pas totalement préconditionnés sous plastique dans le salon, en dépit de mes consignes, et qui s'accordaient plutôt bien entre eux, autant que je pusse en juger au passage. Je parle évidemment des couleurs, puisque j'avais interdit à Laura que ses vêtements chez moi prissent forme ailleurs que sur elle-même, et je dois dire quand même que je commençais à trouver ça un peu dur, pour elle. Mais, au stade où j'en étais, je préférais ne revenir en arrière sur rien, ça me semblait plus raisonnable.

Bien sûr, et nous le savions, au demeurant, nous abordions ici la phase la plus simple, celle de l'emménagement, en somme, mais c'est après. C'est après que ça risquait de devenir moins évident. Et ce moment arriva vite, parce qu'il n'y avait pas grand-chose à faire. On se trouvait alors dans le milieu de l'après-midi. Heure creuse, si l'on veut, pour des gens qui ne sont pas au travail, et je proposai à Laura de prendre un thé. C'était surtout pour qu'entre nous il y eût une table, des tasses et une théière, avec le modeste cérémonial du service et l'échange de civilités afférent, vous en reprendrez bien un peu, oui, non, je veux bien que vous me passiez le sucre, oui, non, là, derrière la tasse, bon alors voilà, dis-je. A partir de maintenant, vous faites ce que vous voulez, Laura. Moi, je dois sortir. Et, sans attendre qu'elle me répondît, je passai ma veste puis la porte, très naturellement.

A ceci près que, l'ayant refermée sur moi, cette porte, en même temps que sur elle, je lui donnai un double tour de clé que je dus répéter en sens inverse pour ne pas laisser à Laura l'impression que je la séquestrais. L'impression, uniquement, parce qu'elle avait ses clés, elle aussi. Le fait est que je m'interrogeai sur le sens de ce geste et que je ne sus pas si j'avais voulu enfermer Laura ou si, au contraire, ne tenant aucun compte de sa présence, j'avais oublié qu'elle était à l'intérieur. Plus tard, dans les rues où j'errais en me demandant ce que j'allais faire jusqu'au soir, je sus quand même avec une faible marge d'erreur que j'avais eu là un geste d'homme seul. Laura chez moi, c'était évidemment le contraire d'une habitude. Ça commençait exactement, naturellement, évidemment comme le contraire d'une habitude.

Je n'eus pas le courage de rester seul dehors ou de passer voir Francine et Jean, qui habitaient deux rues derrière. Je ne les avais pas vus depuis un an et demi, et ils ne savaient pas, pour Constance. Ce n'était pas en les croisant à la supérette que j'aurais pu le leur apprendre. Et, comme nous étions géographiquement proches, nous ne nous téléphonions pas. En tout, nous nous étions croisés une douzaine de fois, depuis le départ de Constance, à l'occasion de courses, nous avons la chance eux et moi d'habiter un quartier très commerçant, et j'avais toujours décliné leur invitation à prendre un verre chez eux ou même dans un café. Parce que j'étais seul, j'avais trop besoin de le rester. Et surtout de me taire. J'avais besoin de silence. Et puis Francine et Jean n'étaient pas des amis, j'en parle juste parce que j'y pensais, dehors, et j'y pensais parce que je cherchais un moyen rapide, ce soir-là, de ne pas rentrer chez moi. Rapide, parce que j'avais envie de rentrer chez moi. Et qu'il me fallait trouver très vite une occasion de ne pas le faire. Rester seul dehors n'y eût pas suffi, je me serais sans arrêt demandé si Laura y était aussi, dehors. Ce que je voulais savoir, moi, c'est si elle souhaitait y rester, chez moi. Pour diverses raisons : ou qu'elle s'y sentît bien, ou qu'elle n'eût pas vécu une vie telle que, ayant quitté son ami, elle eût eu la possibilité de voir une amie, ou encore un autre ami, ou encore le même parce que ça s'est vu, me disais-je. Et puis j'avais besoin de savoir aussi comment je m'y tiendrais, chez moi, avec elle. Alors, pour être tranquille, je rentrai aux alentours de vingt heures.

Sur le palier, j'entendis le son de la télé. Je fis jouer ma clé dans la serrure, entrai, me dirigeai vers le salon où Laura la regardait, la télé, affalée dans le canapé-lit avec la télécommande en main. Ça m'a fait plaisir, puis je me suis demandé si ça ne m'aurait pas fait plus plaisir encore qu'elle eût préparé le dîner. Je n'avais pas de réponse.

Quelqu'un a appelé, m'a dit Laura en baissant le son, une femme, elle m'a demandé si vous étiez là et j'ai dit que vous étiez sorti. Je lui ai demandé si elle voulait laisser un message, elle m'a dit non, et elle m'a demandé qui j'étais. Je lui ai dit que j'étais la femme de ménage, ça ne vous dérange pas ? Ça ne me dérange pas quoi ? ai-je dit. Que j'aie dit ça, a-t-elle dit. Mais non, ai-je dit, pourquoi voudriez-vous que ça me dérange ? Vous n'êtes pas sortie ? Vous regardez la télé depuis quand ? Depuis tout de suite, a-t-elle dit, je viens de mettre les infos. Ça barde drôlement par là-bas, a-t-elle ajouté en désignant l'écran de la main qui tenait la télécommande. Et vous ? Vous rentrez tôt, finalement.

Attendez, ai-je dit, Laura, attendez. Je ne rentre ni tôt ni tard. Je rentre, c'est tout. C'est chez moi. Je rentre quand je veux.

Ne vous fâchez pas, a dit Laura. Je disais ça comme ça. J'ai fait revenir le restant de ragoût. Ça cuit. On peut dîner, si vous voulez.

Je n'avais pas senti d'odeur. Laura avait fermé la porte de la cuisine.

Vous avez préparé le repas ? ai-je dit.

Il ne fallait pas ?

Je ne sais pas.

Je me suis touché un peu le front.

J'espère que ça ne pose pas de problème, a dit Laura.

Non, non, ai-je dit. Vous voulez boire quelque chose, avant ? Un apéritif ?

Ah, je veux bien, a dit Laura. Oui, pourquoi
pas ?
Pourquoi pas, en effet, ai-je dit. Ne bougez pas,
je vais vous l'apporter dans le salon. Un petit vin
cuit. Ou un punch.
Un punch, tiens, a dit Laura.
Ça marche, ai-je dit.
Qu'est-ce que je fais ? me disais-je dans la cuisine. Qu'est-ce que je suis en train de faire ? Rien,
me disais-je. Un punch. Un punch pour toi et ta
femme de ménage. Un petit punch planteur. Et
alors ? Alors rien.
Je la rejoignis avec le plateau dans le salon. Les
actualités piétinaient un peu à ce moment, beaucoup d'images d'archives pour pas grand-chose,
un assassinat dans un village reculé, on voyait le
village mais pas l'assassinat, bien sûr, et même pas
l'assassinée, c'était une femme, on la voyait
vivante, en photo seulement, et j'ai constaté que
Laura la regardait comme une proche, elle semblait peinée, émue, moi ça m'était égal, cette
femme, mais je n'osais pas déranger Laura, j'ai
posé le plateau sur la table basse puis je lui ai
tendu son verre. Elle a dit merci, sans quitter
l'écran des yeux, pourtant ça parlait déjà d'autre
chose, et j'ai décidé de regarder la suite avec elle,

de toute façon je ne savais pas trop quoi dire. On a regardé les actualités jusqu'à la fin, ensemble, en buvant de petites gorgées entrecoupées de cacahuètes, puis ç'a été la pub et j'ai dit on peut peut-être arrêter, maintenant, on va dîner dans la cuisine, non ?

Laura a éteint, on s'est levés et on est allés à la cuisine, moi derrière elle, et il y a eu le problème du service, à table, mais j'ai tout de suite pris l'initiative. J'ai dit à Laura de s'asseoir. Elle avait mis la table, déjà. J'ai donc pris, moi, la casserole en main et je l'ai servie, directement de la casserole à l'assiette. Je ne voulais pas sortir un plat pour elle, d'autant que ça risquait de se répéter, tout ça, et je me disais qu'il fallait trouver le ton, entre nous, installer une aisance, pour commencer, ou sinon je voyais mal. Il fallait que ce soit simple.

Après, il y a eu le repas, et le fait qu'à table on parle ou non, ça dépend, là ça dépendait surtout de moi parce que Laura ne disait rien, elle regardait les murs de la cuisine autour d'elle et parfois elle me regardait moi, je ne savais toujours pas quoi dire. Je lui ai demandé si ça allait. Elle m'a dit oui, elle avait l'air contente. Après encore, c'était plus difficile, je lui ai reparlé de sa mère mais pas elle. Puis je lui ai parlé de son ami mais pas elle. Je me suis demandé ce qu'elle voulait, au juste. Que je lui fiche la paix ou quoi. Je ne savais pas. Je n'ai pas osé le lui demander. Elle avait trop bu, je crois, elle avait l'œil vague maintenant, je lui ai dit qu'elle y aille doucement sur le vin. Ça m'a fatigué, tout ça, m'a-t-elle dit. Ou alors c'est le punch. J'irais bien me coucher. Déjà ? ai-je dit.

Qu'est-ce qui me prend ? me suis-je dit. De fait, j'étais embêté que Laura voulût se coucher tôt. Je n'avais plus aucun projet pour la soirée, aucune envie de regarder la télé et quant à lire, inutile d'en parler. Le bouquet, me suis-je dit, ce serait que je m'ennuie maintenant qu'elle est là. Et pas à cause d'elle. A cause de moi. De moi sans elle. C'est n'importe quoi, vraiment.

Je me suis secoué. J'ai dit à Laura qu'elle aille se coucher, je débarrasserais la table. J'ai débarrassé la table, puis j'ai commencé à défaire le canapé-lit. Lentement. L'intérêt, quand je l'ai eu déplié, c'est que je ne pouvais plus m'asseoir, sauf sur un fauteuil, dans la partie salle à manger, et que je ne pouvais pas me détendre. Je n'avais pas sommeil non plus. Alors j'ai pris le téléphone et j'ai tourné autour de la table. Oui, ai-je dit à Claire. Une femme de ménage. Tu n'en chercherais pas une ?

Non, Claire ne voulait pas de femme de ménage. Je lui ai expliqué que j'en avais pris une, moi, et qu'elle était plutôt sérieuse. Comment ça, plutôt ? m'a dit Claire. Je me suis senti gêné, là, parce qu'il y avait évidemment la question de l'aspirateur. Je pouvais difficilement proposer à Claire une femme de ménage qui ne passait pas l'aspirateur. D'autant qu'elle ne voulait pas de femme de ménage, donc. Mon affaire étant plutôt mal partie, je demandai à Claire si elle connaissait des gens. Elle me dit qu'elle allait voir, mais qu'elle n'était pas non plus un bureau de placement. Dans la suite de la conversation, j'ai compris que c'était trop tôt, pour lui parler de l'installation de Laura chez moi. Ç'aurait été trop violent, pour elle. Toutefois, comme je renonçais à chercher du travail pour Laura dans sa direction, je me demandai si je n'aurais pas le courage de tout lui dire, finalement. Mais je n'y parvins pas. Je songeai à la mettre sur la piste en lui avouant que j'avais engagé une femme de ménage qui ne travaillait qu'au balai, ce qui pouvait laisser supposer que je ne l'avais pas engagée que pour le ménage, encore que ce ne fût pas tout à fait exact, cette restriction, parce que, on a beau dire, j'avais d'abord engagé Laura pour le ménage, mais même ça, donc, cette histoire de balai, je n'osai pas m'en ouvrir à elle. De ce côté, c'était l'échec sur toute la ligne.

Heureusement, ma relation avec Claire restait bonne. Nos coups de fil étaient fréquents, et, quant à notre prochaine entrevue, nous l'envisagions sous quinzaine. Comme j'étais rassuré, pour nous, je jetai tranquillement mes forces dans l'exploration d'autres voies. Je rappelai un peu tout le monde, informant mes relations de mes nouvelles dispositions domestiques. A tous, je tus le détail du balai. J'avais pris en fin de compte la décision d'en parler à Laura, de lui dire que ça ne me gênait pas personnellement, mais qu'il fallait comprendre les autres. En même temps, ça risquait de lui mettre la puce à l'oreille, pour chez moi. J'hésitais.

Ma vie gagnait cependant en intensité. Mon intérieur était de mieux en mieux tenu, et je soupçonnai même Laura de donner un petit coup en dehors des heures de travail. De temps en temps, elle allait jusqu'à soulever un bibelot en ma présence, le week-end, par exemple, et passait le chiffon. Ne voulant pas l'exploiter, je lui suggérais de se freiner mais en même temps je voyais bien qu'elle en retirait du plaisir. Et moi, donc. Qu'une jeune femme prît un tel soin de mon environnement en ma présence m'émouvait, fatalement. Je ne disais rien, je la laissais passer son chiffon, puis le repasser, puis je lui touchai le bras. Laura, disais-je. Elle comprenait. Elle posait son chiffon, allait prendre une revue sur la table basse. Ou même dessous, parce que j'ai deux étages, à ma table basse. Laura se conduisait alors comme dans un salon de coiffure, feuilletant sa revue avec l'air d'attendre. Je l'imaginais dans un vrai salon de coiffure, attendant sur mes instructions son tour de se faire couper les cheveux. Ras, comme prévu. Je guettais sur son visage les signes de son obéissance. Mais elle n'avait pas l'air obéissante. Elle avait l'air d'attendre. J'avais vraiment l'impression qu'elle attendait quelque chose, mais je ne savais pas quoi. Elle ne semblait rien espérer de majeur, on eût dit qu'elle laissait aller sa vie.

Il m'arrivait de feuilleter une autre revue auprès d'elle, comme si moi aussi j'avais attendu mon tour. En tout cas, je suppose qu'on avait tous les deux l'air d'attendre. Que le temps coulât, sans doute. Le fait est qu'il coulait doucement. L'ambiance était calme. Mais, pour en revenir à ce que je disais, il y avait de l'intensité, dans ce calme. J'avais connu avec Constance de tels instants, au milieu de notre relation. Sauf que nous n'avions pas le même passé, avec Constance. Notre vie commune nous précédait.

J'essayais quand même de donner à notre emploi du temps une cohérence. Je restais ferme sur le lundi et le vendredi, comme jours de ménage et de repassage. Le lundi, je n'appelais pas Laura. Le vendredi, je disparaissais jusqu'à midi. Après, le week-end commençait, mais je vais trop vite. Avant, il y avait la semaine. Les soirs de la semaine. Nous habitions ensemble, Laura et moi. Dînions ensemble. Presque chaque soir. J'hésitais à sortir. Quand je le faisais, je la prévenais dans la journée par un coup de fil. Elle-même m'appelait de temps en temps au bureau pour se distraire. Je n'avais pas trop de temps à lui donner, l'entreprise entrait en restructuration, je devais me battre un peu pour faire valoir mes compétences. Laura n'avait rien à me dire, elle m'appelait comme ça, disait-elle. On échangeait trois mots, dont le dernier, que je prononçais, comportait de la douceur. Il naissait entre nous une sorte d'affection par le biais du téléphone. A la maison, c'était moins net, plus cordial.

Le soir, donc, on dînait, puis on regardait la télé, parce que Laura aimait bien. Moi, ça m'était égal. J'étais content de l'avoir près de moi. Si près même que parfois j'avais envie de la toucher, de lui poser une main sur la cuisse, d'autant qu'elle portait toujours des jupes. Je me demandais si elle cherchait à m'exciter, mais son regard ne suivait pas. Sa main à elle était occupée de mon côté par la télécommande, dont je lui avais laissé l'usage. Parfois, je réclamais qu'elle baissât le son pendant la pub parce que je voulais lui demander des nouvelles de sa mère, dont j'avais omis de lui parler à table, ou de son ami qui ne vivait plus avec elle. Elle me répondait distraitement, et je me disais que de ce côté ça n'allait pas trop mal.

Certains soirs, j'avais très envie de la toucher. Jamais de l'embrasser. Je n'étais pas amoureux d'elle. Elle n'avait pas l'air amoureuse de moi. Il m'arrivait de songer à un bref rapport avec elle, à cause de sa silhouette, et dans ces occasions je me renfrognais un peu. Elle n'était pas insensible à ces états, chez moi. Vous avez l'air soucieux, me disait-elle. Ce n'est rien, disais-je. Le travail. Pas intéressant. Je jouissais au passage du privilège de ne pas lui mentir. Puis on regardait une série américaine et on allait se coucher. C'est là que Laura m'apparaissait en pyjama, qu'il y avait entre nous le mince rituel de la salle de bains. Laura n'avait réquisitionné que la moitié de la tablette du lavabo pour ses produits. Je l'entendais procéder à ses ablutions en attendant mon tour. Je lui cédais la première place dans la salle de bains par galanterie. Je ne dis pas que c'était fondé, mais il était plus simple de respecter cet ordre. L'ordre, c'était important, dans notre vie. C'est comme ça que les choses avaient commencé, entre nous, sous le signe de l'ordre, et je me disais qu'il fallait poursuivre si on souhaitait que ça dure. Je dis on, mais je parle de moi. Laura cependant ne faisait aucune allusion à une recherche de logement, non plus que d'emploi, je pouvais penser qu'elle voulait rester. Je ne lui en disais mot. Pour ma part, j'aurais été embêté qu'elle fût sur une piste.

Dans l'ensemble, les heures de ménage et de repassage étaient respectées. Laura ne débordait pas. En clair, elle ne faisait à peu près rien de ses journées, à part regarder la télé. C'est ce que j'imaginais, du moins, car je n'étais pas là pour le vérifier. En rentrant, je n'osais pas lui demander comment elle avait occupé son temps. Elle s'était rendu compte, à force, que je pusse voir d'un bon œil qu'elle fît les courses en mon absence. Je rappelle qu'elle ne payait aucun loyer. Pour la cuisine, c'était toujours un peu la même chose, mais elle la faisait aussi. Je ne lui demandais jamais rien. Je la remerciais chaque fois. Je commençais à m'habituer à sa présence, sauf pour la musique et la télé. Pour la télé, il faut être juste, Laura m'avait fait découvrir le charme de certaines séries américaines. Elle m'ouvrait. En revanche, elle n'avait jamais accordé un regard à ma bibliothèque. J'avais nourri un temps le projet de lui acheter une petite télé pour la chambre, de façon à passer mes soirées à lire. Mais je préférais me tenir auprès d'elle, espérant parfois qu'elle lâcherait la télécommande pour me prendre la main. Aucun signe toutefois ne m'encourageait à une telle espérance. C'est aussi la raison pour laquelle j'espérais le moins souvent possible.

Du reste, je crois que c'était mieux comme ça. Je commençais, grâce à sa présence, à désirer des femmes que je croisais dans la rue. Je ne les abordais pas, me sentant vaguement indisponible, mais aussi par timidité. Je n'avais pas l'air de leur plaire.

Aucune ne me regardait avec insistance. J'attendais quand même qu'un jour l'une d'elles s'arrêtât sur moi. J'eusse réagi.

Dans cette perspective, je me libérais de Laura une partie du week-end. Je sortais, seul, et j'y prenais du plaisir. Mais rien ne se produisait. Je rentrais chez moi, parfois Laura était absente. Elle rentrait cependant avant vingt heures. Je sentais que notre contrat, depuis son embauche, s'était élargi. Elle attendait peut-être un geste de moi, ou un surcroît d'attentions. Mais nous passions énormément de temps ensemble sans que notre relation parût évoluer de façon sensible. En un sens, c'était comme si chaque jour, maintenant, nous manquions quelque chose et qu'il eût été trop tard pour revenir en arrière. Nous avions besoin l'un de l'autre, mais nous ne savions que faire de ce besoin.

Je n'étais pas parvenu à lui dire, pour le balai. Ça aussi, c'était trop tard. C'était inscrit dans nos habitudes, maintenant. Je me contentais de penser qu'elle faisait ce qu'elle pouvait, et ça n'était pas si mal. Elle évitait quand même le pire, côté poussière. Elle la repoussait, la poussière, la tenait à distance. Je n'osais pas lui demander qu'elle l'éliminât.

Parfois, j'avais une vision de poussière en suspension. Et si ça retombait, en fait, me disais-je. Ça va retomber, fatalement. Ça retombe. Un jour, un vendredi, j'en ai même vu dans un rayon de soleil. Laura faisait le ménage, sur sa musique, et la poussière dansait. Elles dansaient toutes les deux. C'était un ballet, oui. Mais ça va retomber, me disais-je. Je préfère ne pas voir ça.

Je suis sorti de la pièce, je suis allé vérifier dans la cuisine l'état des produits d'entretien. Il manquait de l'Ajax-vitres. Laura s'en servait pour nettoyer certaines surfaces. Pas pour les vitres. Les vitres étaient sales, chez moi, je suppose. Je n'en étais tout de même pas arrivé au point de m'en soucier. Y compris dans les grands moments de bonheur de ma vie, dans ces grands instants où la paix s'immisce, où rien ne paraît plus hors d'atteinte, je n'avais jamais prêté attention à l'état de mes vitres. Tout ça pour dire que, lorsque le vaporisateur d'Ajax-vitres était vide, Laura le posait sur le plan de travail dans la cuisine. Comme il m'arrivait de faire une ou deux courses, Laura étant loin de penser à tout, je lui rapportais à l'occasion un petit produit d'entretien. Un petit produit d'entretien qui manquait, donc. Je m'arrangeais pour qu'elle fût là quand je transvasais le contenu de mon panier vers la table. Tiens, lui disais-je alors, je vous ai rapporté de l'Ajax-vitres, Laura. Elle me remerciait. Ce n'était pas grand-chose, bien sûr, mais elle semblait le vivre comme un geste. Je n'en étais évidemment pas à lui rapporter des fleurs. Mais, faute de mieux, me disais-je, un petit produit d'entretien, même si ça ne va pas chercher loin, c'est toujours ça. C'est une façon de tendre la main.

Un jour qu'on allait se coucher, Laura et moi, elle est entrée dans le salon. Le canapé-lit était tiré, nous étions passés l'un après l'autre dans la salle de bains, il n'y avait plus chez moi que deux petites lumières, je suppose, car Laura pour dormir fermait la porte de ma chambre, naturellement. Il n'y avait donc à mes yeux, pour briller, que la petite lampe pincée sur le montant du canapé. Le reste du salon était dans la pénombre. J'étais couché sur le côté, le drap remonté jusqu'à l'épaule, un livre dans la main droite, avec la lampe au-dessus, et je n'entendais aucun bruit. J'avais mes boules Quiès, sans doute, mais les boules Quiès ne rendent pas sourd, elles laissent passer un peu de bruit, et le silence ce soir-là trouvait son fondement ailleurs. La voisine du dessus s'était déplacée en province. Elle ne pouvait donc plus se relever en pleine nuit pour, en lieu et place d'elle-même, déplacer ses meubles en les tirant à même le parquet nu, dans un grondement qui s'apparentait au tonnerre, comme elle le faisait habituellement deux ou trois fois par semaine afin probablement de changer de cadre à moindres frais. C'est la raison pour laquelle j'entendis la porte de ma chambre s'ouvrir. Elle ne se referma pas.

A ce moment, j'ai décroché un peu de mon livre. Laura se tenait sur le seuil du salon, en pyjama. J'ai pensé à lui demander ce qui se passait, mais je ne l'ai pas fait, j'aurais eu l'impression de casser quelque chose. C'était la première fois que Laura me surprenait au lit. Elle se tenait dans l'encadrement de la porte, elle n'avait pas l'air d'oser entrer, j'ai attendu sans rien dire. Toujours immobile, à ceci près qu'elle s'était accotée contre le montant de la porte, et qu'elle avait eu ce mouvement, donc, une manière d'installation précaire, si on veut, Laura a nettement remué les lèvres, mais je n'ai pas compris ce qu'elle disait. J'étais en train de retirer discrètement une boule de mon oreille gauche et j'avais encore l'autre à droite, du côté de l'oreiller. Je lui ai dit excusez-moi, Laura, un petit instant, et, maladroitement, j'ai ôté la seconde boule, puis je les ai toutes deux glissées

sous l'oreiller. Alors Laura m'a dit, ou répété, je
ne sais pas, d'une voix qui m'a semblé rauque, ou
peut-être simplement mal posée, que si je le souhaitais, elle et moi, pour une fois, on pouvait faire
l'amour.

Je n'ai pas compris ce qu'elle entendait par ce
pour une fois, mais ça m'est resté en tête. Ça m'a
parasité tout le temps, après. Je me disais qu'elle
avait voulu me signifier que c'était exceptionnel,
certes, mais qu'on pouvait aussi se poser la question de savoir si ça devait le rester. Ou même si
c'était normal que ce le fût. Ça faisait donc beaucoup de questions, et, dès qu'elle s'est approchée
du canapé-lit, j'ai commencé à me dire que ça
correspondait à un manque, chez elle. Qu'elle
avait besoin que je lui fisse l'amour. Depuis un
certain temps, même. Quelques jours, quelques
semaines, je n'avais pas la moindre idée là-dessus.
Bien sûr, j'étais saisi, je voyais surtout qu'elle
s'approchait du canapé, sans attendre ma réponse,
ou bien attendant de la lire dans mes yeux, qu'elle
fixait. Au reste, elle n'a pas dû attendre longtemps, mon regard disant clairement que, pour
une fois, en effet, je n'avais aucune raison de
m'opposer à un désir que dans l'instant même je
partageais.

Je n'avais pas d'érection encore, mais je me sentais prêt. Je voyais Laura s'approcher de moi comme une fatalité. Une fatalité très légèrement souriante, juste au niveau du regard. Dans le mien, j'imagine que Laura pouvait lire un peu moins que de la lubricité, une attente. Elle s'est assise au bord du lit, j'avais quand même lâché mon livre, mais elle avait ma lumière dans l'œil. J'en ai baissé le capot. J'ai attendu qu'elle pose une main sur moi, mais ce n'est pas comme ça que les choses se sont passées. Elle m'a demandé si je voulais bien lui faire une place. J'ai ouvert les draps, je me suis reculé vers le fond du lit. Elle s'est glissée près de moi, s'est allongée sur le dos. Puis rien.

J'ai eu du mal à me décider. J'eusse préféré une caresse de sa part. Une caresse précise, même. Je ne m'imaginais pas en position active, mais j'étais tout prêt à être sollicité. Puis j'ai réfléchi et je me suis dit qu'il ne fallait tout de même pas exagérer, qu'elle avait fait ce qu'on appelle le premier pas.

J'ai donc déboutonné lentement sa veste de pyjama. J'ai toujours été sensible aux préliminaires, et, à part ces quelques semaines passées ensemble, nous en manquions, je trouvais, ce soir-là. Je n'avais jamais vu Laura nue, et je me suis dit que, comme entrée en matière, il s'agissait d'un minimum. Je n'allais pas, à l'inverse, glisser une main sous sa veste, non plus que dans son pantalon de pyjama. Sans savoir, en somme. Je ne voulais pas agir en aveugle. J'ai regardé ses seins, un peu vite, parce qu'ils s'affaissaient sur les côtés, fatalement, et que sa position comme la mienne m'interdisaient de porter sur eux un jugement. Je lui ai retiré ensuite son pantalon, elle s'est obligeamment soulevée pour m'aider. Ce n'est pas grand-chose, je sais, mais j'ai tout de suite été aimanté par sa toison. C'était ce dont j'avais besoin, ce soir-là, je crois, une jolie toison, en fait, point trop fournie, avec un peu de cette peau si douce près du pli où poser mes lèvres, pour que j'eusse de quoi me concentrer en oubliant le reste. Je pense au *pour une fois.*

J'ai cessé d'y penser. Je me suis occupé du sexe de Laura, un sexe singulier, comme toujours, en dépit de cette façon d'universalité qu'ils revêtent tous quand, sous l'effet de caresses attentives, ils révèlent leur béance. Je parle d'avant. D'avant cette vision clinique. Du sexe de Laura au repos. Fermé. Pas trop fermé non plus. Aux lèvres affleurantes, qui témoignent. Non point cette incision, par exemple – plus rare, me semble-t-il –, aux rebords brefs, qui semble faire l'économie d'un stade, interdisant que la peau se déploie avant l'intromission ; mais ce renflement discret qui fait office de seuil, et où les lèvres, celles de l'autre, trouvent un support transitoire, découvrant une douceur distincte encore de celle, résolument lisse, veloutée, qui en constitue l'avenir. Une pause, donc, une halte dont le prolongement semble impossible et cependant souhaitable, et qui figure l'idéale et inaccessible immobilité du désir. Comme il est difficile d'être tout à fait précis dans ce domaine, j'essaie de rendre là moins une vision qu'une ambiance, qui résulte de ladite vision, tout en donnant un peu à voir, bien sûr, je ne veux pas non plus renoncer à dire les choses. Enfin, toujours est-il que je pris mon temps.

Laura était d'ailleurs lente, en tout cas ce soir-là avec moi elle s'exprimait avec lenteur. Du moins au début, car elle ne demeura pas immobile. Tôt ou tard, elle m'enlaça. Je finis par la pénétrer, supposant qu'elle le souhaitait, mais je ne lui dis pas un mot là-dessus. Nous nous connaissions mal. Nous ne nous regardions pas. Ni l'un ni l'autre, me semble-t-il, n'avions de quoi être fiers en la circonstance. Le plaisir, selon toute évidence, dépassait largement nos visées, et nous prîmes elle et moi, me semble-t-il encore, le parti toujours un peu lâche de nous y abandonner sans en bâtir ne fût-ce qu'un commencement de théorie. Rien qui scellât, ici, un acte d'apparence majeure, et que ma jouissance réduisit presque à néant. J'avais sommeil. J'étais bien. Mais je n'avais pas envie de chanter, de danser, d'ouvrir la fenêtre pour appeler les voisins de façon qu'ils fussent informés de notre proche mariage. Rien d'excessif. Laura de son côté dormait. Je pris juste la liberté de ne pas le voir d'un bon œil. Ça me semblait exagéré. Moi, en m'endormant, je pensais à elle.

Bien sûr, ça créait un précédent. Pour moi, du moins. Laura, elle, avait repris le cours de notre vie, je préfère parler de notre vie à cet égard. Il ne me semblait pas que Laura vécût sa propre vie, chez moi. En vérité, elle semblait même plutôt vivre la mienne. Pourtant, je ne vivais pas énormément non plus, mais elle sentait peut-être mon désir, mon désir de vivre. Elle, je ne sais pas ce qu'elle pensait, ce qu'elle attendait, peut-être rien, finalement, je ne dis même pas qu'elle n'était pas heureuse. A sa façon, elle l'était peut-être. Heureuse d'être là, près de moi, en attendant. Elle me semblait entre parenthèses, Laura, avec ce que comportent de fermé les parenthèses, et qui évoque une bulle, et ce qu'elles comportent d'ouvert, aussi. Elle était disponible, disponible pour moi, déjà, contente probablement que je l'héberge et que je l'eusse honorée, ce fameux soir, sur sa demande. Elle voyait bien que je ne la repoussais pas. Elle avait vu aussi que j'avais pris du plaisir, avec elle, et ça, pour elle, c'était plutôt un bon point.

Le curieux est qu'elle n'en parlait plus. Le lendemain soir, samedi, elle ne réapparut pas dans le salon. Evidemment, c'eût été rapproché, et il n'y avait sans doute pas là matière à s'alarmer. Je ne m'alarmai d'ailleurs pas. Cependant, quand le dimanche soir elle ne réapparut pas non plus, je commençai à me poser des questions. Mais je vais m'expliquer et préciser aussi certaines choses, avant.

En effet, ce week-end-là, nous n'avions pas eu de gestes l'un vers l'autre. De mon côté, je n'avais pas osé, considérant qu'elle ne m'avait pas signé le vendredi soir une autorisation de la toucher. Même l'embrasser, je n'avais pas osé. Je ne peux pas dire non plus que j'en avais envie. Je ne voulais pas spécialement d'histoire avec Laura. Quant à elle, elle se tenait sur la réserve. En gros, notre attitude devait s'apparenter à l'oubli, je pense.

Mais ce n'était pas ça, mes questions. Nous avions fait l'amour une fois ensemble. Et, je ne sais pas si je dois avoir honte de l'avouer, ça ne m'était jamais arrivé. De ne faire qu'une fois l'amour avec une femme, j'entends. Une fois pour toutes. Le désir ne s'épuise pas comme ça, chez moi. Non que je désirasse violemment Laura, ce week-end, j'ai même dit que c'était l'inverse, mais enfin la question restait posée. D'autant que nous habitions ensemble. Il y aurait forcément une deuxième fois. Et logiquement une troisième. Par méthode, je me posai d'abord la question de la deuxième. Je me demandai quand ça arriverait. Comme nous ne chavirions point sous l'effet de la passion, elle et moi, il était difficile de le savoir. Le repère de l'amour nous manquait, assez cruellement, même, et, la question étant posée, elle souffrait continuellement de ne pas trouver de réponse.

L'idéal eût été peut-être que nous ne fissions plus l'amour ensemble, jamais, de façon à clarifier les choses. En même temps, j'avais du mal à l'envisager.

Au bout d'un moment, je me suis donné une semaine. Si au bout d'une semaine rien n'advenait, je prendrais le taureau par les cornes. Je lui poserais la main sur un sein. Même de jour. Debout. Elle comprendrait.

Je n'eus heureusement pas à le faire. Avant la fin du délai, Laura est réapparue dans le salon, un soir. Elle m'a demandé si je ne la désirais plus.

J'avais ma réponse prête, bien sûr. Evidemment que non, Laura, ai-je dit. Venez.

Nous ne nous sommes pas expliqués sur cette interruption. Nous avons fait l'amour comme la première fois, avec le même plaisir, je crois. J'avais peut-être un problème avec ses cheveux, quand ils me venaient dans l'œil, je les trouvais peut-être un peu secs, presque rèches, et puis ça ne lui allait pas du tout, ces cheveux, mais dans l'ensemble je n'ai pas eu la sensation de régresser.

Nous nous trouvions en fin de préliminaires quand le téléphone a sonné. C'était la première fois que le téléphone sonnait, dans ces circonstances, avec Laura, je veux dire. Je n'avais pas branché le répondeur. J'ai hésité, parce que j'étais sur le point de pénétrer Laura, j'en avais très envie, elle aussi, c'eût été indécent et surtout stupide de ma part de me lever pour aller répondre. Laura a cependant senti mon hésitation et m'a dit qu'il était préférable que j'y aille, que nous pouvions d'ailleurs tout reprendre après, d'autant que nous n'avions pas vraiment commencé, en un sens. Enfin, elle n'a pas dit tout ça mais je l'ai lu dans son regard.

Je me suis levé, tout nu, j'ai décroché le téléphone et c'était un de ces coups de fil où l'on n'entendait rien, même pas le bruit de l'appareil, ce soir-là. J'ai failli raccrocher tout de suite, par exaspération, mais à ce moment j'ai entendu un souffle. Une respiration. Très faible, comme quand on meurt, ou peut-être lointaine, en tout cas une respiration involontaire, qui ne cherchait pas à se faire entendre. J'ai dit allô, plusieurs fois, et ça n'a pas raccroché comme les fois précédentes. J'ai commencé à m'inquiéter, puis je me suis agacé de nouveau, et enfin j'ai été pris d'un doute et ce doute ne m'a plus lâché tant que j'ai gardé l'appareil en main.

Plus exactement, c'est parce que j'étais en proie à ce doute que j'ai conservé l'appareil. La respiration ne me parvenait pas en permanence, mais, comme je restais à l'écoute, elle avait tout le loisir de reprendre, et elle a repris, comme après une pause, ou plutôt non, pas comme après une pause. La personne qui respirait, là-bas, subissait les assauts de l'angoisse, à intervalles réguliers, et c'est ce qui l'essoufflait, périodiquement.

J'avais changé de pièce, parce que j'avais mon idée, maintenant, sur cette angoisse, et je ne voulais pas que Laura m'entende, au cas où je m'exprimerais. Parce que la source de cette angoisse, j'ai pensé que c'était moi. Moi, présent, mais également silencieux. Face au silence de cette

personne. J'ai senti qu'il fallait que je lui parle.
J'ai répété allô. Et puis, comme on ne répondait
pas, j'ai su avec certitude qui c'était. Cette non-
réponse-là, je l'ai prise comme une confirmation.
De toute façon, c'en était une. On ne pouvait pas
me la faire plus longtemps. Tous les silences du
monde, désormais, toutes les respirations qui
viendraient, je savais que c'était elle. J'ai dit C'est
toi, Constance ? Est-ce que c'est toi ? Réponds,
s'il te plaît !
    J'avais réussi à ne pas crier. Mais on ne m'a pas
répondu. Alors j'ai ajouté Si ce n'est pas toi,
Constance, vous pouvez répondre aussi. Non ?
Vous ne voulez pas répondre ? Vous préférez respirer ? Vous manquez de souffle, c'est ça ? C'est
moi qui vous fais peur ? Depuis quand je te fais
peur, Constance ? Tu as quelque chose à me dire ?
Non ? Alors je vais raccrocher. Et tu ne me rappelles pas, s'il te plaît. D'accord ? Tu ne me fais
plus des appels à vide. C'était toi, hein, ces derniers temps ? Pourquoi tu ne m'écris pas, si tu as
quelque chose à me dire ? Ou même, j'y pense,
tu pourrais aussi bien parler. Qu'est-ce qui
t'empêche de me parler ? Ça ne pourrait pas t'arriver, une fois dans ta vie, d'être simple ? Non ?
Alors fous-moi la paix, maintenant, ai-je dit.

Oublie-moi un peu. Je t'oublie, moi. Je t'oublie, Constance. Salut, ai-je conclu.

J'ai raccroché parce que je ne voyais plus quoi dire. J'avais un peu fait le tour de la question, me semblait-il. Je suis retourné en direction de Laura, qui m'attendait en appui sur un coude. Elle avait de jolis seins, finalement, de jolis yeux, aussi, et même sa bouche, me disais-je, elle a une belle bouche, cette fille. Je suis retourné au lit et je l'ai prise assez vite. Je me dépêchais parce que, je sais que c'est idiot, mais j'avais l'impression de tromper Constance. Je me sentais surveillé. Au reste, c'était plutôt agréable, comme sensation, et je me suis dit qu'elle avait beau faire, Constance, elle ne m'empêchait pas de progresser. Au contraire. Je ne me sentais même pas coupable. Ou plutôt je me sentais coupable, et c'était bon. J'ai regardé Laura au visage, tandis que je maîtrisais en moi la montée du plaisir et que j'effectuais, en elle, mes aller et retour avec une parfaite conscience.

J'ai attendu qu'elle ouvre les yeux, elle aussi, et à un moment c'est venu, ses yeux, je veux dire, elle les a ouverts, pas longtemps, mais j'en ai profité pour lui dire vous me plaisez, Laura, vous me plaisez, et elle m'a regardé, surprise, mais heureuse, je crois, et elle n'a pas eu l'air de m'en vouloir de jouir. Moi, j'étais content. Je me suis endormi presque aussitôt après, et je pense qu'elle n'a pas dû tarder non plus. J'ai le souvenir ce soir-là, dans mon début de sommeil, de quelqu'un de très calme à mes côtés, avec une respiration d'enfant.

Je me suis senti d'autant mieux dans les jours suivants qu'il n'y a eu aucun coup de fil à vide. Je me suis dit que Constance avait compris, à mon ton, qu'il était inutile d'insister. Elle n'avait pas seulement perçu ma colère, elle avait aussi compris mon aisance, face à elle. Je ne sais si elle se doutait de ce que je vivais, et moi non plus je ne savais pas si je m'en doutais, mais il me semblait que, même si je ne savais pas quoi, je vivais quelque chose. Laura requérait toute mon attention, maintenant, et je ne savais plus quoi faire pour lui être agréable. Elle-même m'avait passé une main sur le visage, plusieurs fois, au détour d'une porte, d'ailleurs c'était curieux, comme impression, c'est moi qui aurais dû le faire, il me semble, et, si nous n'avions pas refait l'amour, c'est simplement que nous n'avions pas redormi ensemble. En effet, nous sentions que, si nous nous laissions aller, ce serait tous les soirs, maintenant, et nous craignions probablement, l'un et l'autre, pour l'équilibre de notre relation. Laura devait rester mon employée, c'est ce que nous lisions respectivement dans nos regards. De son côté, elle cessa de me toucher. En revanche, nous étions très attentifs l'un à l'autre. Il y avait une grande douceur dans nos approches, une familiarité, aussi, mais nous retenions nos gestes. Nous tînmes trois ou quatre jours à ce régime, puis Laura déclara forfait, j'imagine, elle réapparut à la porte du salon, et je n'eus pas le courage de la repousser.

Nous faisions quelquefois l'amour, désormais, pas tous les jours, loin de là, et dans l'ensemble je dois noter que nous nous tenions aux deux jours de ménage. Pour ce qui était de faire l'amour, donc. Parfois, nous n'attendions même pas le soir. A midi, quand tout était propre, nous nous approchions l'un de l'autre et j'entraînais Laura dans la chambre. Ça nous changeait du canapé-lit, et j'avais personnellement grand plaisir à réinvestir ma chambre, depuis tout ce temps. Je me réappropriais les lieux. Cependant, je faisais attention, parce que je me méfiais de la dépendance physique.

C'est que, plus nous avions de rapports, Laura et moi, plus je me sentais dans l'obligation de construire, avec elle. La connaissance de nos corps me poussait irrésistiblement à l'échange, et je me demandais jusqu'où nous pourrions aller, comme ça. Car nous ne progressions absolument pas dans ce domaine. Nous parlions de moins en moins, je ne lui demandais même plus de nouvelles de sa mère. Elle n'en parlait pas non plus. Sa mère était peut-être morte, à cette heure. C'était comme si, au cas où c'eût été vrai, Laura n'eût pas éprouvé le besoin de me le dire.

Nous nous exprimions par gestes, à nouveau, et par le regard, à cette nuance près que nous ne nous touchions jamais les mains et que nous ne nous embrassions pas en dehors du lit. Nous sentions l'absolue nécessité de ne pas nous aimer de façon éperdue, préférant nous laisser aller à ce qu'induisait de tactile, parfois, au sens large, notre invraisemblable promiscuité. Je dis invraisemblable car il apparaissait certains jours que nous n'y croyions plus. Je pense que nous souffrions un peu, maintenant, de cette dépendance. Par chance, il y avait toujours la télé, qui était notre grand moment de communion. Les aventures des autres nous convenaient parfaitement. Parfois, pour peu que nous en eussions eu la force, nous eussions parlé d'amour ou même d'autre chose. Mais nous préférions nous taire. Et aller nous coucher, le plus souvent ensemble.

Une vie se bâtissait là, dans la douceur, je l'ai dit, mais aussi dans la méconnaissance de l'autre et le silence. De cela, de cette construction, j'étais conscient, et je me sentais de moins en moins libre, ou plus précisément de plus en plus libre, car, Laura et moi, nous nous appartenions sans nous retenir. Je continuais de sortir, d'espérer la rencontre d'autres femmes, mais je n'en rencontrais pas. Je les cherchais du regard, et même une fois j'en trouvai une. Je faillis l'aborder, mais, au dernier moment, je renonçai. Je rentrai chez moi et, arrivant par-derrière elle, je touchai Laura à l'épaule. Laura, lui dis-je. Elle se retourna. Je l'embrassai.

Ça menaçait de tourner mal. Je n'aimais pas Laura, mais je me comportais exactement comme si elle avait régi ma vie. Je m'efforçai d'appeler Claire, un soir, et tout ce que je trouvai à lui dire fut que je n'étais pas libre. Or nous devions nous voir le lendemain. Nous faillîmes nous fâcher. Au lieu de quoi, je dis à Claire que je lui expliquerais les raisons de mon retrait, bientôt, et elle me rétorqua que ce n'était pas grave. Qu'elle pouvait attendre. Elle me répéta qu'elle voulait seulement de mes nouvelles. Oui, lui dis-je. Gardons le contact. De toute façon, nous nous reverrons. On le sait.

Oui, me dit-elle. Ça, c'est quelque chose qu'on sait.

Constance se manifesta un soir. Elle n'avait pas appelé depuis trois semaines. Si c'était elle, du moins. Mais j'étais persuadé que c'était elle. Cette fois, elle n'appela pas. Elle sonna. Elle était derrière la porte. Je le savais. Je savais que ce n'était pas Lucien. J'avais dit à Lucien de passer, pour l'apéritif – pour dîner, je préfère attendre, m'étais-je excusé, ça risque d'être un peu trop, enfin tu vois ce que je veux dire, il y a tout de même un bon moment qu'on ne s'est vus –, mais il avait dû sentir que mon invitation n'était pas franche. Ça ne pouvait donc pas être Lucien. J'aurais préféré que ce fût lui. Cependant, je n'avais rien à dire à Lucien. Et je ne voulais pas lui présenter Laura. Je ne sais même pas pourquoi je lui avais dit de venir. Pourquoi lui et non Claire, par exemple, puisque qu'on devait quand même se voir, Claire et moi, un beau jour. Faire passer Lucien avant Claire, ça donnait un peu la mesure de la confusion, chez moi. Et de mon besoin d'avancer, aussi. Claire, c'était comme si je la gardais en réserve. Je préférais attendre. En même temps, je voulais voir des gens. De le dire, aux gens. Aux amis, aux relations. J'ai une vie. Mais pas à Claire. Je redoutais son sens critique. Donc, ça ne pouvait pas être Claire, ce soir-là. Et je sentais bien que c'était Constance, là, derrière la porte. Pourvu que ce soit Lucien, me disais-je donc. Je l'éconduirai. Je trouverai quelque chose. Mais ce n'était pas Lucien.

Ce n'est pas si bien que ça, l'intuition. J'avais beau penser très fort à Constance, en lui ouvrant la porte, quand je l'ai vue, là, à deux mètres en arrière sur le palier, j'ai eu un choc terrible. Elle se montrait, donc. Elle se montrait à moi. Elle pensait sûrement qu'après huit-neuf mois d'absence, en m'apparaissant en pied, comme ça, je réagirais avec force.

La première chose que je vis, pourtant, ce ne fut pas l'ensemble, Constance surgie du proche passé, vêtue de neuf, avec une jupe que je ne lui connaissais pas, boutonnée devant, une coiffure que je ne lui connaissais plus, courte, et des jambes que j'avais bien connues, exactement les mêmes, j'ai envie de dire mi-longues, parce que Constance est de taille moyenne, par rapport à Laura qui est petite, mais soit dit en passant ça ne m'émouvait pas, ses jambes, même comme ça, parce que celles de Laura sont bien, aussi, elle n'avait pas que de beaux genoux, Laura, mais je m'égare. Je ne regardais pas les jambes de Constance, ou à peine. Ni l'ensemble. Je regardais son visage. Il semblait plus dur, plus rond cependant, Constance avait pris des joues mais surtout c'était son regard. Pas dur, en définitive, mais volontaire. Courageux. C'était peut-être une vue de l'esprit, du reste, ce courage, en attendant je trouvais que Constance avait bien du courage pour se tenir debout, là, sur mon palier, après avoir sonné chez moi neuf mois trop tard. Elle était plus que courageuse, même. Elle était complètement folle de venir comme ça, oui. Je ne sais pas ce qu'elle croyait, ce qu'elle voulait, ce qu'elle espérait, moi à sa place j'aurais déjà couru dans l'autre sens, rien qu'à voir ma tête, je parle de la mienne. On ne peut pas dire que j'étais ce qu'on appelle content de la trouver là, non.

Je peux entrer ? me dit-elle.

Mais, avant qu'elle eût ouvert la bouche pour me demander ça, je ne raconte pas le silence. J'ai cru qu'on allait prendre racine, elle et moi, pendant dix grandes secondes, qu'on allait rester plantés là pour l'éternité, figés l'un et l'autre dans la surprise et le malaise.

Et puis non.

Je l'ai fait entrer.

J'avais un petit problème en tête, au cours de cette phase, un petit problème qui m'empêchait d'être totalement embêté de voir Constance, ce soir-là. Parce qu'il s'ajoutait à mes embêtements, ce problème. Simplement, il n'avait rien à voir avec l'autre, celui de Constance. Bref, ce petit problème, c'était Laura. Ça m'ennuyait de la lâcher. Elle était au salon, quand Constance a sonné. On entendait la télé, d'ailleurs.

Tu n'es pas seul, m'a dit Constance. Pas exactement, ai-je dit. Je voudrais te voir seul, m'a dit Constance. Eh bien on n'a qu'à rester dans l'entrée, ai-je proposé.

Laura de toute façon ne risquait pas de se lever pour nous surprendre. Elle savait que je pouvais avoir une vie, en dehors d'elle. Elle ne connaissait pas mes amis, mais elle avait parfois eu vent de leur existence. Lucien, par exemple, je l'avais prévenue qu'il passerait peut-être. Je ne le lui avais pas dit comme si ça la concernait. Je le lui avais dit comme si ça me concernait moi. Elle pouvait logiquement ne pas se déranger quand il sonnerait.

Quand Constance avait sonné, pour de vrai, elle, je n'avais pas pris le temps de dire à Laura d'éteindre la télé, parce que je me doutais que ce n'était pas Lucien. Si c'était Constance, et non Lucien, Laura pouvait bien laisser la télé, au contraire. Je n'allais pas changer nos habitudes pour Constance.

Nous restâmes donc dans l'entrée, debout, tandis que le son de la télé nous parvenait, pas trop fort, heureusement, et Constance m'a redit qu'elle voulait me voir.

Tu me vois, là, lui ai-je dit.

J'étais de mauvaise foi, mais je n'avais pas envie de me gêner. J'avais appris à l'oublier, Constance, et là, rien que de la voir, je la détestais. Mais ce n'était pas tout.

Ce n'était pas tout, non, c'était loin d'être tout, parce que Constance m'a regardé avec des yeux, la dernière fois que je lui avais vu des yeux comme ça c'est quand elle m'avait quitté.

Et là elle m'a dit quelque chose, mais je ne reproduis pas ses mots, je les rapporte, je préfère, c'est une façon de parler, bien sûr. Elle m'a dit qu'elle croyait qu'elle m'aimait encore, que c'était pour ça qu'elle était revenue.

Et alors, ça je peux le dire, et puis personne ne peut le faire à ma place, j'ai eu besoin de m'asseoir. Mais je ne voulais pas faire entrer Constance au salon. Je ne voulais pas que Laura la voie. Qu'elle me voie, surtout. Je ne pouvais pas être plus mal. Constance, je la connaissais bien, j'avais mis un temps fou à me couper d'elle, à ne plus me rappeler qui c'était, mais ça me revenait, maintenant. Son envie de vivre, elle aussi. De consommer toute chose. Et là, j'ai compris que la chose c'était moi, qu'elle avait décidé que c'était redevenu moi, que c'était fini avec ce type qu'elle avait rejoint, que je n'avais jamais vu, mais justement, ça ne m'a jamais dérangé d'être une chose, ce n'est pas ce que je veux dire, dès l'instant qu'on m'aime. On peut bien être une chose qu'on aime. Même un corps, je veux bien. Seulement Constance, ce qu'elle me disait, là, et au cas où j'aurais mal compris je n'avais qu'à regarder ses yeux, et ils n'étaient pas francs, ses yeux, enfin si, ils étaient francs, mais ils étaient le contraire de fiers, ce qu'elle me disait c'est qu'elle n'en avait pas assez de m'aimer, réflexion faite. Ils osaient me dire ça, ses yeux. Qu'elle avait encore à me donner. Des restes. Parce que ça lui restait sur le cœur, cette fin d'amour. Je l'ai bien vu, dans l'entrée, avec son air de me chercher du regard pour que je l'aide. Que je l'aide, moi, à m'aimer encore. Elle guettait une ouverture, un regret. Elle cherchait à se vider. C'est que ça lui pesait, ses trois grammes d'amour. Son once d'affection. Elle était venue là pour en faire quelque chose. Pour me la donner, relativement. Des fois que je l'eusse nourrie en retour. Et elle était sincère, en fait. Généreuse, même. Et ce qu'elle voulait me donner, ce soir-là, en plus, donc, elle l'avait. Ce peu de chose. Ça existait.

Mais c'est moi. C'est moi qui ne pouvais rien en faire, qui ne voulais rien en faire. Parce que je savais comment ça allait finir. N'importe qui à ma place l'aurait su. Je ne voulais pas qu'elle m'achève, en se vidant. J'avais d'autres idées, pour moi.

Et pourtant ça me touchait. Ça me touchait de la voir. Ça me tuait.

J'ai dit pas question, Constance. Et j'ai ajouté je ne veux pas de ça. Et puis je lui ai demandé encore : Ça n'a pas marché, ta vie ? C'est pour ça que tu es venue ?

Je me sentais presque fort, là.

Pas du tout, a-t-elle dit. Je trouve seulement dommage que.

Dommage que quoi.

Mon ton était sec, je crois.

Je veux te voir, a-t-elle dit.

Tu me vois.

Ne le prends pas mal. Je suis venue.

Je le prends mal, que tu sois venue, lui ai-je dit. Je voudrais que tu t'en ailles, maintenant. Va-t'en, ai-je précisé avec calme.

Tu ne m'as pas comprise, a-t-elle dit sur le pas de la porte. (Elle reculait, devant moi, parce qu'elle comprenait, quand même, je crois, elle.) Je veux te revoir. Revoyons-nous. Pas ici. Tu as quelqu'un.

Je n'ai rien dit.

Je ne lui ai rien dit à elle, c'est ce qu'il faut lire. Je ne lui ai pas répondu. Ce n'était d'ailleurs pas une question.

Je suis chez Lucie pour l'instant, a-t-elle repris. Il y a le café, en bas, sur la place. Tu sais, le café en bas.

Je sais.

Je t'y attendrai demain soir, a-t-elle dit. A la même heure. Je ne te demande pas de me répondre, Jacques. Ni de me reprendre. Ce n'est pas ce que je te propose. Je voudrais vivre ce qu'on n'a pas fini de vivre, ajouta-t-elle. C'est tout.

Je ne savais même plus trop bien qui c'était, moi, Jacques. Les gens ne m'appellent pas. Même pas elle. De toute façon on s'appelait peu, sur la fin.

C'est trop tard, ai-je dit. C'est trop peu. C'est beaucoup trop pour moi. Je ne le souhaite pas. Je t'aime, ai-je ajouté. Je ne te reverrai plus, Constance. Je te méprise, maintenant. Va-t'en.

J'étais beaucoup moins calme.

Je t'attendrai, a-t-elle dit.

Je ne viendrai pas, ai-je précisé.

Moi, je viendrai, a-t-elle répété. Je serai demain soir au café sur la place.

Pars, s'il te plaît, l'ai-je priée.

A demain, a-t-elle insisté en reculant vers le palier.

Elle me faisait encore face, donc. J'avais envie de pleurer, de l'embrasser de toute mon âme, de la supplier de ne pas partir. Sauf que ce n'était pas possible. Elle ne partait pas.

J'ai dû refermer la porte sur elle.

Je suis retourné au salon.

Laura zappait.

Arrêtez cette télé, lui ai-je dit, vous pouvez arrêter cette télé ?

Elle l'a éteinte. Je me suis rué dans la chambre, la mienne, la sienne, qu'importe, j'y avais le plus gros de mes affaires. J'ai pris un grand sac de voyage, le plus grand que j'aie trouvé, et je l'ai rempli n'importe comment. J'ai pensé surtout aux slips. Un peu aux chaussettes. C'était l'été, je n'avais pas besoin d'énormément de chaussettes. Après j'ai pris le téléphone. Laura m'a rejoint. Ma main tremblait. Qu'est-ce que vous faites ? a-t-elle dit.

Je téléphone.

Non mais avant, a-t-elle dit. Le sac.

Je pars.

Elle a voulu savoir quand. J'ai dit demain. Elle a voulu savoir où. J'ai dit je ne sais pas, je suis en train de chercher. J'avais pris le carnet d'adresses, sur le bureau, je le feuilletais de ma main libre. J'ai réussi à le faire tomber. Je l'ai ramassé, puis j'ai trouvé assez vite le téléphone de Ralph, j'ai composé le numéro.

Je transpirais. Pourvu qu'il ne soit pas sorti, me disais-je. Ou parti. Ou mort.

Ça a décroché, là-bas. J'ai dit c'est Jacques. Ah, Jacques, m'a dit Ralph.

On a échangé trois mots. Ralph n'allait pas bien du tout, mais ça n'était pas neuf. Je ne vais pas raconter sa vie maintenant, disons qu'il vivait seul. Au bord de l'Atlantique. A Ronce-sur-Mer. Depuis sept ans. Ce n'est pas très grand, Ronce-sur-Mer.

113

Ça ne m'avait jamais semblé très grand. Surtout l'hiver. En fait, je n'en savais rien, je n'y avais jamais mis les pieds.

Je n'avais pas appelé Ralph depuis six mois. Je lui ai demandé si je pouvais venir. Je n'étais donc jamais venu. Je n'avais jamais rien eu à faire à Ronce-sur-Mer, à part voir Ralph. Mais je n'avais jamais eu envie de voir Ralph, depuis qu'il était seul, là-bas. Avant, je ne dis pas. Mais il ne m'invitait pas. Bref, je lui ai demandé si je pouvais venir cette semaine. Je n'aurais pas aimé qu'il me dise non. Il m'a dit oui. J'ai dit c'est formidable, et puis comme ça on aura l'occasion de se voir. Non. C'est lui qui me l'a dit. Je ne sais plus. Enfin, on est tombés d'accord. J'ai raccroché.

Vous partez cette semaine ? m'a dit Laura.

Elle était restée dans la pièce pendant qu'on parlait, Ralph et moi. Sans me cacher qu'elle attendait de savoir. J'ai dit oui, cette semaine.

Oui mais alors moi, m'a-t-elle dit.

Je ne vous chasse pas, ai-je dit. Vous êtes chez vous. Vous tenez juste les lieux propres.

J'ai pas envie, a-t-elle dit.

Je peux partir, quand même, ai-je dit. Vous n'allez pas mourir, sans moi. C'est pas le bout du monde. Je vais revenir.

J'ai pas envie de rester seule, a dit Laura.
Les femmes me réclament drôlement, en ce
moment, ai-je pensé de manière fugitive.
J'ai dit attendez, Laura. C'est mieux que vous
restiez, je vous assure. Vous devez travailler, chercher du travail. Vous ne gagnez pas d'argent. Vous
n'en avez pas.
Je mange peu, a dit Laura, comme si je l'entre-
tenais. Or je rappelle qu'elle payait sa quote-part,
pour les repas. Au reste, il est vrai qu'elle ne me
coûtait pas très cher. J'ai dit peut-être, Laura.
Mais vous devez penser à l'avenir.
Ça ne m'intéresse pas, a-t-elle dit. Qu'est-ce que
ça peut faire, que vous m'emmeniez ?
Je ne dis pas qu'elle était touchante. Têtue, plutôt. Mais j'étais touché. C'était peut-être ses mots.
Ce que vous semblez oublier, Laura, lui ai-je
expliqué, c'est qu'on n'est jamais sortis, ensemble.
On vit ici, vous et moi. Mais dehors ? Comment
on ferait, dehors ? Ce n'est pas parce que je vous
ai emmenée une fois au restaurant. Et puis je ne
vous aime pas, Laura. Vous non plus.
Non, a-t-elle dit. Mais j'aime bien votre
compagnie. J'aime bien quand vous mettez vos
chaussons, le soir. Et faire l'amour avec vous. Pas
vous ?

Si, ai-je dit. Et j'aime bien quand vous mettez vos chaussons, le matin. Surtout le vendredi. Au début, surtout. Mais bon. Je n'emporte pas mes chaussons en vacances, Laura. Et je ne pars pas en vacances. Enfin, ce ne sont pas des vacances. Ce ne sont même pas des vacances.

Je vous distrairai.

Non, ai-je dit. Je n'ai pas envie de me distraire.

Je ferai le ménage.

C'est chez quelqu'un, là où on va, lui ai-je rappelé.

Là où on va, a-t-elle dit.

Elle souriait rarement.

C'est chez quelqu'un, ai-je répété. Ralph n'a pas besoin de femme de ménage. D'ailleurs, Laura, je ne vous considère pas comme une femme de ménage. Vous ne passez même pas l'aspirateur.

Elle s'est fâchée. Ça m'a fait du bien.

Comment ? a-t-elle dit. Vous insinuez quoi ? Vous croyez que la poussière retombe ? C'est ce que vous pensez ? C'est pas propre, ici ?

Elle a passé son doigt sur un meuble. Elle me l'a mis sous le nez.

Ça vous change, la colère, ai-je dit. C'est pas comme vos cheveux.

Qu'est-ce qu'ils ont, mes cheveux ?

Ils sont secs. Coupez-les.

Elle semblait désorientée. Moi aussi.

Ça va pas, non ? a-t-elle dit. Qu'est-ce qui vous prend ?

Coupez-les demain, ai-je dit. Quand on sera partis. Là-bas. Ou en route. Il doit bien y avoir des coiffeurs, sur la route.

C'est elle qui me regardait. Je l'ai dévisagée.

Je vous emmène si vous vous coupez les cheveux, Laura.

Elle n'a pas eu l'air de réfléchir.

D'accord, a-t-elle dit. Ah, merde.

Qu'est-ce qu'il y a ?

J'aurais préféré être contente.

Ça ne vous va vraiment pas, ces cheveux, Laura. Pour une fois que je vous dis quelque chose.

C'est vrai, reconnut-elle.

L'important c'est de partir, dis-je.

Moi qui voulais vous demander si vous ne vouliez pas, me dit-elle. Alors maintenant.

Non, pas maintenant, dis-je.

Pourquoi pas ? dit-elle.

Elle s'avança.

Je vis des choses lourdes, en ce moment, Laura. On verra demain.

J'ai quand même du mérite, dit-elle.

Elle s'avançait.

Je pensais à Constance. Aidez-moi, mon Dieu, me suis-je dit, lui ai-je dit, soit, je lui parlais, oui, j'avais besoin d'une instance, aidez-moi à ne pas souffrir. Je ne veux plus souffrir. J'ai fait énormément de travail, ces derniers mois. Aidez-moi à ne pas tout foutre en l'air. Accepte, me suis-je dit. Regarde-la. Désire-la. Tu en es capable.

J'ai ouvert les bras.

Pour moi, j'aurais voulu ceux d'une mère. Mais je n'en avais plus, là. Aucune mère sous la main. Laura s'est réfugiée contre ma poitrine.

Ça va aller, ai-je dit. C'est bien. Ma petite Laura.

Je l'ai accompagnée jusqu'à la chambre. Je l'ai assise sur le lit. Je l'ai déchaussée. J'ai eu le courage de m'occuper d'elle. Je me suis dit qu'elle m'aimait, maintenant. Que c'était de l'amour. Qu'est-ce que je vais faire ? me suis-je dit. Viens, a-t-elle suggéré. Je l'ai prise. Ç'a été bien. Ça marchait. Qu'est-ce que tu y peux, si ça marche ? me suis-je dit. Bon, ai-je murmuré dans le creux de son épaule. On ne va pas se coucher trop tard, Laura. On part tôt, demain.

118

C'est la peur qui me guidait. D'abord la peur. Avant le changement d'air. Constance, je ne voulais plus la voir. Jamais. Elle continuait à me tuer. A distance, déjà. Alors là. En bas de chez moi. Le lendemain soir. Faire vite, me suis-je dit. Foutre le camp. Avant que tu ne te ravises. Très vite. Ça ira mieux sur la route. Tu n'auras pas la force de revenir. Surtout avec Laura. Tu n'oseras pas. Utilise ta honte. Sers-toi de tes faiblesses. Honore tes engagements. Fais mine d'être honnête. Emmène-la. Vite.

C'est pratique, les femmes, des fois. Ça aide. A la réflexion, je ne sais pas si je serais parti sans elle. Mais j'ai mal dormi, cette nuit-là. Je pensais aux préparatifs. Pas aux bagages, non. Laura n'avait pas grand-chose, moi c'était fait. Je pensais au bureau. Il faudrait que je prévienne. Arrêt de travail de complaisance, décès familial, prise de congé à l'arraché, je cherchais des solutions.

Aucune n'était bonne. Je n'avais pas d'ami médecin. Guère de famille. Je ne voulais pas tuer mon père. Au bureau, j'étais menacé.

Alors je passais. Je verrais plus tard. Pas trop tard quand même. Le plus urgent, c'était Claire. Je voulais la prévenir, elle aussi. Pas trop difficile, ça. Je le ferais. Restait Laura. Sa mère. Elle n'allait pas partir comme ça. Il faudrait que je lui en parle. Je me sentais responsable.

Ça m'ennuyait qu'elle lâche sa mère. J'ai failli lui toucher l'épaule, cette nuit-là. On dormait ensemble. Notre dernier jour. Après, je ne savais pas. Je ne me voyais pas, avec elle. Même sans elle. Je n'existais tellement plus, ici, avec Constance revenue, qu'il me fallait nécessairement attendre le lendemain pour savoir.

Cette nuit-là, j'étais déjà lancé dans le brouillard. Je roulais. Je ne parle pas de rêve. Avant de dormir, et dans la nuit, aussi. J'essayais de me voir, sur la route. Personne. Même pas de conducteur. C'est la route, que je voyais, avec un peu de Laura sur ma droite. Un tout petit peu d'une femme sur ma droite. Mais moi, nulle part. Ne te frappe pas, me disais-je. C'est la définition de la conduite, ça. On s'oublie, au volant. On pense aux autres. A ceux qu'on transporte. A celle.

Ç'a été mon espoir, je crois. Je me disais c'est une vie, que tu emmènes. Tu vas être tranquille, pendant le voyage. Ta vraie compagne, tu connais son nom : Prudence. C'est plutôt après, qu'il faudra voir. A Ronce. Mais ce sera loin. C'est comme ça que j'ai dormi. En me concentrant sur la route. Ça m'a rassuré. Aucun cauchemar d'accident, du reste. Cette nuit-là, en somme, j'ai fait bon voyage. Le matin, je me suis levé à sept heures, comme pour le bureau. Laura dormait encore. Qu'est-ce qu'elle est paisible, cette fille, me suis-je dit. Rien devant elle, dans la vie, juste moi qui l'emmène nulle part et elle dort. Jeunesse, peut-être. Quoique à son âge je ne crois pas. Non. Je ne dormais pas si bien.Toujours matinal, du moins. Bref, je lui ai touché l'épaule, cette fois. C'était l'heure. On se prépare, lui ai-je glissé à l'oreille. On se lève. On déjeune. On fait sa toilette. Laura ? Oui ? Elle a levé une paupière. On y va, lui ai-je dit.

Elle avait l'air d'avoir oublié que c'était le jour. Puis de s'en souvenir comme on se souvient d'une date pas très importante, symboliquement, mais qui compte dans l'organisation de la vie. Du genre samedi passer à la banque. Oui, a-t-elle répété, oui. La voix ensommeillée des femmes, en général. De celle-là, en particulier. Bon. Elle ne protestait pas, en tout cas. Ne semblait pas revenir sur ma décision. Non plus que sur son désir. Dans sa tête, où les choses s'éclaircissaient vite, elle était prête.

Elle se leva. Rituel des gens qui partent ensemble. La routine, presque. De mon côté, l'affairement. Du sien, la lenteur. C'était presque un jour comme un autre, pour elle. Enfin, je croyais. J'aurais préféré plus. Peut-être que je ne l'aimais pas, Laura, mais quand même. On partait. Je le lui ai dit. C'est pas rien, de partir, Laura.

Qu'est-ce que vous voulez que je fasse ? a-t-elle dit. Un chignon ?

Attendez, lui ai-je dit, je vous comprends, Laura. Mais je voudrais que ça ne soit pas trop tendu, entre nous. Si on pouvait transformer ça en plaisir, vous voyez ? Ça peut attendre, pour vos cheveux.

Non, a-t-elle dit. Le plus tôt sera le mieux, maintenant. J'en veux plus, de mes cheveux. Va falloir trouver un coiffeur, vite.

Ça ne va pas être simple, lui ai-je dit. Sur la route, les coiffeurs.

J'ai ajouté qu'on ne roulerait pas trop vite, dans les villages.

Parce qu'on ne prend pas l'autoroute, a-t-elle dit.

Il n'y a pas de coiffeurs, sur l'autoroute, lui ai-je fait observer.

Ça va être gentil, comme voyage.

Ecoutez, ai-je répété.

J'étais mal, finalement. Ça démarrait mal. J'étais horriblement mal. Je voulais quelque chose sans nuages, avec elle. J'aurais presque cédé, pour ses cheveux.

Sauf que c'était trop tard. Pour elle, pour moi. Nos antécédents, on ne pouvait plus n'en pas tenir compte. Et donc, conflit. Vivre avec. Ça me rappelait des souvenirs. Alors ce serait toujours pareil ? me suis-je dit. Ça ne pourrait pas durer, entre nous ? Et pourquoi ? Pourquoi pas ? Même avec cette histoire de cheveux, maintenant.

J'espérais que ça se calme. J'aurais fait n'importe quoi pour l'apaiser. J'ai eu un geste vers elle, elle l'a évité. Sans me repousser, toutefois. Je la sentais prise. C'était toujours ça. J'aimais bien l'idée de la tenir. J'avais envie de tenir quelqu'un.

Ça s'est aggravé ensuite. Comme il était trop tôt pour tout, sauf partir, je n'ai pas appelé le bureau. Ni Claire. J'étais comme un voleur. Je pressais Laura, qui s'attardait. Elle se rebeurrait une biscotte. La trempait. Regardait le mur comme si ç'avait été toute la vie, devant elle. Je m'étais levé de table, moi. J'avais fini. De déjeuner, de vivre ici. Tandis qu'elle, avec son mur, ses yeux dans le vague, elle était là. Maintenant. Contre moi. Ce qui l'intéressait, c'était notre rapport. Pas le départ. Elle aurait pu rester, aussi bien. Pas sans moi, évidemment. J'ai dit bon, je vais chercher la voiture au parking, je reviens.

J'avais déjà fermé le gaz. Et omis de brancher mon répondeur. J'ai garé la voiture sur les clous, juste en bas, je suis monté (j'habite au troisième), j'ai attrapé mon sac, le sien, j'ai vu qu'elle n'était pas là. J'ai jeté vers la porte des toilettes c'est bon, Laura, j'ai pris votre sac, vous n'avez plus qu'à descendre, je vous attends en bas, vous avez les clés, vous fermez ? Et je suis redescendu. J'ai rangé les sacs dans le coffre, il restait plein de place, je me suis dit tant pis, je ne remonte pas, et puis je ne savais pas quoi prendre. Je ne me suis pas mis au volant, j'ai attendu Laura sur le trottoir. Des gens sont passés devant moi, pas beaucoup, à cette heure, je me disais si je ferme les yeux le prochain qui passe quand je les ouvre c'est Constance. Et j'ai joué à ce petit jeu-là jusqu'à ce que j'aie vraiment peur que ce soit

Constance. J'ai préféré me mettre au volant pour attendre Laura. Je me sentais à l'abri, dans cette voiture. Qu'est-ce qu'elle fabrique ? me disais-je quand même. Elle ne passe pas le balai, j'espère. On n'a plus le temps, là.

Et puis je l'ai vue, arriver par le trottoir. C'était le seul chemin, du reste. Je veux dire que Laura arrivait vraiment par le trottoir, qu'elle venait, que les choses se déroulaient exactement comme prévu. Sauf que. Sauf que j'ai quitté le volant et que je me suis porté à sa rencontre parce qu'elle avait les mains prises. Je me suis demandé si je rêvais.

Qu'est-ce que c'est que ça ? lui ai-je dit.

Laura était descendue avec l'aspirateur. Elle tenait d'une main le traîneau, par la poignée, de l'autre le tuyau, avec la brosse fixée au bout, et j'ai pris le temps de constater qu'elle n'avait pas descendu dans leur carton l'embout en V pour la moquette et l'autre, étroit et long, pour le dessus des plinthes. Le tuyau battait contre ses jambes.

Vous le voyez bien, ce que c'est.

Il ne fallait pas le prendre comme ça, Laura, lui ai-je dit doucement. Je me suis énervé, hier.

On l'emporte, a-t-elle dit.

Ecoutez, Laura.

125

Je préfère l'emporter.

Ralph en a sûrement un, ai-je dit plus doucement encore, et puis je ne vous emmène pas pour ça. C'est fini, le ménage.

Je me suis dit que le balai ne tiendrait pas, a insisté Laura. Que c'était pas pratique, en voiture. Tandis que là.

Elle élevait le tuyau à hauteur d'œil. Un type est passé sur le trottoir, précédé de son chien. Il m'a regardé moi.

Ça va, Laura, ai-je dit. Posez ça.

Je n'avais pas envie de le remonter, pas le temps dans ma tête non plus. J'ai pris l'aspirateur, j'en ai déboîté le manche, et j'ai fourré le tout dans le coffre. Montez, ai-je dit. On est partis.

J'ai d'abord quitté le quartier, gagné le boulevard. Là, je me suis senti tranquille. On progressait par décamètre, noyé dans le flux, on était là elle et moi comme des centaines d'autres, invisibles. C'était bien, déjà. Sur mes directives, Laura avait bouclé sa ceinture. Elle avait croisé les jambes. Elle était comme chez elle, maintenant, dans cette voiture, et j'ai pensé qu'on y était bien, oui, qu'on n'avait pas besoin de plus, elle et moi, ce jour-là : un toit sur la tête, des parois près du corps, la possibilité d'ouvrir les fenêtres. Et des roues, bien sûr, avec un petit moteur pour aider.

Cependant, ayant réglé à sa façon la question de l'aspirateur, Laura n'arrêtait pas de penser à cette histoire de cheveux, alors que moi ça commençait à me passer, comme pour l'aspirateur. Elle a même abaissé le miroir de courtoisie, pas pour s'y voir, je pense, pour que je la voie, moi, affectant de se voir. Et puis elle regardait beaucoup dehors, les vitrines, heureusement il n'y avait pas de salon de coiffure, je regardais aussi. Ça m'arrangeait, parce que je ne voulais pas m'arrêter tout de suite, je préférais d'abord quitter Paris, après on verrait bien si elle avait toujours envie que je le souhaite, qu'elle se coupe les cheveux. De toute façon, ce serait beaucoup plus difficile, de s'arrêter, sur la route, comme de trouver un salon de coiffure, du reste, et je me disais que ça pouvait bien se faire sur place, quand on serait arrivés, si toutefois nous le voulions toujours, elle et moi. C'est à ce stade de mes pensées que je me suis rappelé que, en effet, bien que ce fût désagréable pour elle, il s'agissait d'un projet commun, et qu'il serait probablement difficile, désormais, de l'éluder. Et à cet égard, me suis-je dit, il vaudrait mieux que tu participes un peu.

J'ai donc crevé l'abcès. J'ai prévenu Laura que je voulais d'abord quitter Paris, pour être débarrassé, après quoi on verrait, on chercherait, promis. Or elle ne semblait plus tellement concernée. Elle ne m'a pas répondu. Elle ne se regardait plus dans le miroir. En revanche, avec ce qui m'est apparu comme un don pour vivement passer d'une idée à l'autre, elle m'a demandé pourquoi j'étais si pressé de quitter Paris. Et si ç'avait un lien avec cette femme. Et aussi qui était cette femme.

Je ne m'attendais pas à une telle impudeur de sa part. Et puis ses questions remontaient à un événement qui s'était passé la veille, et j'ai trouvé que ça faisait loin, pour elle, vu son rapport au temps, s'agissant de surcroît d'une question qui ne la regardait pas. J'ai dit à Laura ça ne vous regarde pas, je ne vais pas tout vous dire de ma vie, non plus. Il est certain que mon départ est précipité, ai-je ajouté, il est inutile que j'essaie de vous le cacher, mais notez bien que c'est avec vous que je pars. Je n'ai pas beaucoup hésité, pour vous emmener.

Oui, m'a-t-elle dit, ça prouve bien quelque chose.

Oui, ai-je acquiescé, ça prouve bien quelque chose. Ça prouve que nous ne sommes pas mal ensemble, Laura, même si je n'aime pas vos cheveux. C'est un détail, vos cheveux. L'important, c'est de s'entendre.

Oui, mais ce n'est pas de l'amour, a dit Laura. J'aurais préféré que ce soit de l'amour.

C'est fou ce que la revendication monte vite, chez certaines femmes, ai-je pensé de manière fugitive.

Il y a quand même le désir, entre nous, lui ai-je dit, et j'ai posé ma main droite sur sa cuisse, je roulais en troisième, on venait juste d'entrer sur le périphérique, et ça c'est plutôt rare, ai-je ajouté, vous ne trouvez pas que c'est rare ?

Je ne sais pas, a-t-elle dit. Je préfère que vous teniez le volant.

J'ai retiré ma main.

C'est rare dans la durée, ai-je dit. Je suis content de partir avec vous, Laura. J'aimerais que vous le soyez aussi.

Je vais essayer, a-t-elle dit. J'ai quand même envie d'essayer.

Ce qu'il va falloir, dis-je, c'est apprendre à sourire, peut-être.

Je souriais. Pas elle. Elle s'est forcée.

C'est bien, ai-je dit. On va y arriver, je crois.

A quoi ? a dit Laura. Au mariage ?

Je n'ai pas bondi, ce n'est pas mon genre, d'ailleurs la question faisait partie de son sourire, elle s'était greffée sur son sourire, on pouvait bien la prendre pour une question souriante. De toute façon, ce n'est pas le genre de question qui me fait bondir. Je me suis donc intéressé. Je roulais sur la file du milieu, en quatrième, c'était fluide.

Vous cherchez à vous marier, Laura ? lui ai-je demandé.

Ce que je voudrais, un jour, c'est des enfants, a-t-elle dit.

Sa remarque ne faisait plus partie de son sourire, qui s'effaçait tout doucement, comme une buée.

Alors ça ne sera pas avec moi, ai-je précisé.

Pourquoi pas ? Qu'est-ce que ça peut faire, si c'est avec vous ? En quoi c'est gênant ?

D'abord je suis trop vieux, ai-je dit, et puis vous êtes jeune. Et c'est gênant parce qu'on ne commence pas par vouloir des enfants, on commence par s'aimer, et ensuite.

Vous êtes bien compliqué, a-t-elle dit. Vous n'êtes même pas vraiment vieux. Et je vous aime, moi. Il n'y a plus que vous, et c'est bon. De toute façon c'est pas grave. Je peux attendre.

Je ne veux pas vous épouser, Laura. Je ne veux même pas vivre avec vous. Je ne vous connais pas assez.

Vous n'êtes pas obligé d'être désagréable, a-t-elle dit. Merde !

Qu'est-ce qu'il y a ? Arrêtez un peu de jurer, Laura, me suis-je fâché, et puis ne criez pas comme

131

ça quand quelqu'un conduit, à l'avenir, lui ai-je demandé, ça peut provoquer des accidents.

J'ai oublié de prévenir ma mère.

Ah, ai-je dit. Je voulais justement vous en parler. Vous auriez pu passer la voir, avant de partir. Je ne sais même pas comment elle va, d'ailleurs. Vous ne m'en parlez plus.

Vous non plus.

Je ne voulais pas vous gêner.

Elle va mal, a dit Laura. Très mal. Elle va mourir. Elle est peut-être morte, même. En plus, elle est jeune.

Vous voulez que je retourne ? ai-je demandé. Elle est où ? A l'hôpital ? Je sors à la prochaine porte, si vous voulez.

Je ne préfère pas, a dit Laura. Je l'appellerai. Et puis ma sœur est avec elle. Elle l'assiste. De toute façon elle est folle.

Votre mère ?

Oui, a dit Laura. Elle est folle et elle va mourir. Ça ne m'empêche pas de l'aimer. Mais je préfère ne pas la voir. On continue.

Bon, ai-je dit.

L'ambiance était retombée.

Je suis sorti du périphérique et j'ai pris la N 20. On a traversé la région parisienne en silence. Je me suis dit que dès les premiers champs, sans doute, on commencerait à se détendre, mais ça ne s'est pas fait avant Etréchy. Ç'avait donc été une longue plage de pensée, entre nous, avec parfois beaucoup de tours au loin puis de zones commerciales étendues avec des efflorescences signalétiques tout du long et de petits immeubles encrassés auxquels succédaient des bouts de cultures qui ne rythmaient rien. Après quoi on pouvait tantôt parler de campagne, tantôt d'excroissances résidentielles, avec même la pointe d'un clocher, de temps à autre, voire le porche d'une église, et de savants rétrécissements de chaussée ornée de parterres fleuris, on roulait lentement en ville, à ce moment, dans un pli de ma carte Michelin. Je l'avais dans la boîte à gants, elle était un peu vieille. J'avais demandé à Laura de la sortir.

Vous avez beaucoup voyagé, m'a-t-elle dit en considérant le trou qui, au niveau de Circonvelay, allait s'élargissant.

Non, pas beaucoup, ai-je dit. Mais il y a un moment que je suis en vie et que j'ai une voiture, alors, à force, ça s'use. Ce que je voudrais, Laura, ai-je enchaîné assez vite, c'est que vous me disiez chaque fois la prochaine ville. Même petite, hein. Dès l'instant qu'elle est marquée. Et puis la prochaine grande, aussi, pour savoir.

C'est Orléans, là, m'a dit Laura. Et Angerville pour la petite. Vous voulez que je vous compte les kilomètres ? Jusqu'à la grande ?

Je veux bien, oui.

Et c'est comme ça que Laura a commencé à calculer nos kilomètres. Ça m'a fait du bien. Elle regardait tantôt la carte, tantôt les rues, dans les villages, tandis que j'observais plutôt la route. Ce qui fait que personne ne voyait vraiment le paysage, à part moi, un peu, et j'ai trouvé ça dommage. Alors j'ai dit à Laura qu'elle pouvait lever le nez de la carte, de temps en temps. Tenez, lui ai-je fait observer à titre d'exemple, cette déclivité, là, moi je la trouve incroyablement douce, avec les vaches, en bas, et le trait jaune du colza juste avant la ligne d'arbres, et même sans parler de ça

vous avez vu le ciel ? La découpe des nuages ? La
lumière ?

Attendez, m'a dit Laura, pas tout en même
temps.

La lumière, ai-je dit.

Oui, a dit Laura. Je la vois. On a le temps avec
nous. Vous voulez vos lunettes ?

Je les avais posées sur le tableau de bord à cause
d'un nuage. Elles avaient glissé vers elle à la faveur
d'une courbe.

Merci, dis-je. Ce que je voudrais, c'est que ça
vous plaise.

Ça me plaît.

J'ai posé une main sur sa cuisse.

Je voudrais que ce soit bien.

Je suis bien.

J'ai bien vu que non. Pas tout à fait. Sa cuisse
sous ma main, c'était quelque chose, mais sa main
ne venait pas sur la mienne.

Je ne sais pas par quel miracle j'ai pu le voir, à
ce moment, sur notre droite, le salon de coiffure,
mais je l'ai vu, on entrait dans Chevilly, et il était
ouvert. Une femme s'était détachée sous son cas-
que dans les reflets de la vitrine. J'ai freiné, j'ai mis
mon clignotant, je me suis arrêté en double file.

Dehors, c'était une place en demi-lune avec des platanes.

Allez déjà voir si elles peuvent vous prendre, ai-je dit à Laura. Je vais me garer.

Laura m'a jeté un bref regard d'interrogation, d'interrogation d'elle-même, j'entends, à moi elle ne demandait rien, et je me suis demandé moi si depuis le début elle ne s'était pas imaginé que je plaisantais, à propos de cette histoire de coiffeur. Pas de coiffure, sans doute, mais de coiffeur. Et que tout soudain elle se fût aperçue que non. Que c'était ça, la réalité. Qu'elle partait avec un homme qui l'avait prévenue qu'elle devrait changer de coiffure, et que c'était sérieux. Peut-être pas capital – je l'avais d'ailleurs souligné –, mais sérieux. Elle n'avait pas l'air ravie, certes, mais je crois qu'elle y gagnait en respect, par rapport à moi, et qu'au fond tout cela nous était bénéfique, à l'un et à l'autre. Elle, elle commençait à croire à quelque chose, de mon côté, sans mettre de nom dessus, mais qu'importe, et moi, de trancher comme ça dans le vif, ça me donnait une aisance, et même un peu plus de courage qu'au départ. Ce n'était pas exactement du luxe, parce que, si la peur m'avait lâché, sur cette route, elle restait comme un point dans le rétroviseur. Un point qui ne s'éloignait plus. Une tache, en fait, pas plus grosse qu'une tête d'épingle. A gratter d'un coup d'ongle. Je manquais juste un peu d'ongles encore. J'ai trouvé une place devant le Codec, et je me suis dépêché de rejoindre Laura. Christine Coiffure, disait l'enseigne. Je suis entré, il n'y avait que des femmes, des deux côtés de la barrière, mais peu, ce matin-là, et j'ai vu que Laura était assise avec un magazine. J'ai soupiré. J'ai dit bonjour, j'ai fait savoir que j'étais avec Laura et je me suis assis à côté d'elle avec un autre magazine, un *Marie-Claire,* parce qu'il n'y avait plus de *Elle.* Laura feuilletait un vieux *Biba,* et ça m'a rappelé chez moi, à part le niveau culturel, bien sûr, au début, donc, quand on feuilletait des magazines dans le salon au lieu de regarder la télé. Et j'ai eu l'impression qu'on s'adaptait, tous les deux, qu'on était capables de faire face à n'importe quelle situation, comme ici, avec ce problème de cheveux qui voulait se mettre en travers du chemin, mais on l'affrontait ensemble, le problème, on ne s'énervait même pas. Laura était calme, à mes côtés, même pas renfrognée, elle semblait dans l'acceptation, maintenant, et moi je me disais c'est un pas, c'est un pas qu'on fait ensemble et pas n'importe lequel, on va rebondir, après ça. Je pensais à la suite du voyage. Pas à sa fin. Je commençais à goûter ce voyage, je crois. Après le coiffeur, on allait repartir ensemble, et ce serait bien. Mieux. Peut-être dur, par moments, mais mieux. Elle aurait quelque chose de moi, sur elle. Une marque.

Ç'a été notre tour. Laura est passée au shampooing, j'ai regardé un peu les coiffeuses, et Laura était plutôt mieux qu'elles, sauf peut-être une, avec des yeux verts et la taille très prise, mais je n'ai rien fait. Je n'ai pas bougé un cil. J'ai feuilleté mon magazine jusqu'au bout, et Laura a pris place dans le fauteuil. Je la voyais dans la glace. La fille qui s'en occupait était mignonne, sans plus, à peu près de son âge, et elle a regardé Laura dans le miroir. Laura m'a regardé dans le miroir. Je voyais aussi la coiffeuse, que j'avais fini par regarder aussi, dans le miroir, parce que la question qu'on se posait tous, à propos de la coupe, personne n'avait seulement commencé d'y répondre. Finalement, la coiffeuse l'a formulée, à voix haute, en nous regardant, Laura et moi. Laura m'a regardé à nouveau, je les ai regardées toutes les deux, et brusquement Laura a dit court. Elle l'a dit un peu fort, la coiffeuse a failli sursauter. Elle m'a regardé, comme si je connaissais la suite. Alors j'ai dit plutôt très court. La coiffeuse a regardé Laura. Puis Laura m'a regardé. Puis elle a regardé la coiffeuse et elle a dit ras. La coiffeuse m'a regardé. J'ai dit oui, comme Sinéad O'Connor sur la pochette de son premier disque, ou du deuxième, je ne sais plus, et j'ai compris qu'aucune des deux ne connaissait Sinéad O'Connor, mais c'était trop tard. Personne dans le salon ne connaissait d'ailleurs Sinéad O'Connor, ou alors si, peut-être une cliente, à la réflexion, une trentenaire, assez jolie – il y avait pas mal de filles assez jolies, dans ce salon, au bout du compte –, mais j'ai bien vu qu'au cas où elle l'aurait connue elle n'était pas prête à sortir de sa réserve. Je connais peut-être Sinéad O'Connor, sur la pochette de son premier disque, avait-elle l'air de me dire, face au miroir, du haut de sa jolie tête posée droit sur son cou, mais ça me regarde, et je ne me mêlerai pas à votre histoire, et surtout pas en étalant mes connaissances musicales. Bref, j'avais induit une gêne. Alors, pour me rattraper, j'ai dit très près du crâne. Je me suis aperçu à ce moment que les autres coiffeuses nous regardaient. Et toutes les autres clientes, aussi. Je les ai toutes fixées, l'une après l'autre, à commencer par celle qui connaissait peut-être

Sinéad O'Connor, et j'ai dit qu'on ne demandait pas la lune. D'autant que c'était plutôt à la mode, ce genre de coupe. Personne ne m'a répondu. La coiffeuse de Laura a pris peigne et ciseaux et s'est mise à couper. C'était la première fois que je voyais une coiffeuse couper des cheveux pour se donner une contenance.

Elle travaillait lentement, et il y avait de l'appréhension dans son regard. Moi, du mien, je l'encourageais, et je crois que celui de Laura restait neutre. Des touffes entières ont commencé à tomber, parce que la coiffeuse avait compris qu'il fallait tailler large, en attendant que les choses sérieuses se précisent. Laura regardait ses cheveux partir sans expression notable, elle semblait se dire que c'était comme ça, maintenant, pour elle, sans cheveux, ou peu s'en fallait. J'ai cherché à voir si, comme la coiffeuse progressait dans son travail, Laura se laissait gagner par une vague de tristesse, ou de rancœur, je crois que j'escomptais plutôt de la rancœur, parce que, je l'ai dit, je ne voulais pas spécialement d'une femme triste avec moi pour ces pseudo-vacances. Mais non. Laura me regardait plus que ses cheveux, maintenant. Elle s'intéressait à mes réactions. Elle quêtait quelque chose dans mon regard. Alors j'ai cessé de chercher à savoir ce qu'elle pensait de tout ça et je me suis concentré sur le travail de la coiffeuse.

Elle en était aux tempes, qu'elle dégageait à la tondeuse, avec de l'épaisseur encore sur le haut du crâne, et Laura avait déjà changé de visage. Elle semblait de nouveau très jeune, ou plus jeune qu'avant, mais, surtout, je l'ai trouvée à demi nue, comme ça. Avec un petit temps de retard, donc. J'ai regardé les touffes de cheveux, sur le sol, comme des sous-vêtements qu'elle eût retiré sans que j'en eusse pris conscience. Mais, même avec ce retard-là, ça m'a fait de l'effet. J'ai eu envie d'elle. Et, quand la coiffeuse l'a eu finie, et que Laura m'est apparue le visage nu, avec ses yeux plus grands qui ne savaient plus où se mettre, et l'étonnante perfection de ses oreilles, idéalement distancées du crâne, et sa bouche qu'on avait envie de masquer de la main en attendant de la découvrir et de la mordre, je me suis senti pressé de partir. Heureusement, étant donné la coupe, on n'avait pas besoin de brushing. J'ai payé et on s'est dirigés vers la voiture.

Sur le trottoir, j'ai jeté un coup d'œil de biais à Laura. Je me suis dit avec satisfaction qu'elle était redevenue blonde, qu'elle avait retrouvé ses racines, et qu'à partir de là non seulement ses cheveux pouvaient repousser, si elle le souhaitait, mais aussi que tout pouvait grandir, entre nous, qu'en tout cas pour avancer ensemble on avait maintenant de la marge, même si on ne savait pas jusqu'où. Je me suis senti moins pressé, de fait, comme si c'était du temps qu'on venait de se donner, elle et moi, en décidant de repartir de rien, en amont, en somme, et que ce temps on l'eût tous les deux pris au temps, en empêchant qu'il ne s'accumule et ne nous fasse vieillir. Je parle surtout pour moi, bien sûr. J'avais d'ailleurs moi-même les cheveux courts parce que j'avais récemment changé de tête, depuis que ma vie tournait, pour la voir mieux venir, m'étais-je dit, et qu'elle me voie aussi d'un autre œil, la vie.

On est remontés en voiture et j'ai roulé sans forcer, en laissant mon pied peser doucement sur la pédale d'accélération, ce qui me faisait parfois prendre de la vitesse et parfois en perdre. Vous vous endormez ? m'a dit Laura comme on commençait de longer la Loire. Non, ai-je dit, et j'étais troublé, c'était la première fois que Laura m'adressait la parole depuis sa nouvelle coupe. Et je me suis dit que sa voix allait, aussi. Elle allait même mieux, avec sa nouvelle coupe. Une voix courte, si on veut, directe, avec une phonation presque sèche, qui ne perdait pas son temps à se chercher. Je la sentais comme réconciliée. J'ai poussé le bouchon un peu loin en lui demandant de se regarder dans le miroir de courtoisie, mais, quand je l'ai eu fait, elle s'est exécutée, ce qui prouvait bien qu'elle était réconciliée, au moins avec moi.

Je lui ai demandé ensuite ce qu'elle en pensait, et elle a pris un petit air gêné. J'ai trouvé ça vraiment bien, cet air gêné. Qu'est-ce qu'elle est timide, parfois, ou soumise, je ne sais pas, cette fille, me suis-je dit, ou alors elle m'aime, c'est ce qu'elle a dit, d'ailleurs, et je ne suis pas obligé de ne pas le croire. Je lui ai dit vous êtes très bien, comme ça, Laura, et là j'ai vu que la chaussée s'élargissait en aire sur ma droite. J'ai mis mon clignotant, je me suis garé sur l'aire, j'ai coupé le moteur et je me suis tourné vers elle. Je l'ai embrassée. Elle s'est laissé faire, comme si elle s'abandonnait, je veux dire, et qu'elle ne m'eût pas connu ou presque, comme si sa nouvelle coupe m'avait changé, moi aussi, à ses yeux, et qu'elle ne m'eût pas reconnu, plutôt. Elle s'est donc laissée aller avec cette sorte de chavirement passif que charpente la honte, parfois, chez les femmes, quand elles cèdent trop tôt, à leur goût, et qu'elles vont se perdre dans les bras de quelqu'un dont elles n'ont pas pris le temps de faire le tour, dont elles ont choisi sciemment de ne pas faire le tour.

Comme je l'embrassais dans le cou, Laura m'a dit mon prénom à l'oreille, je crois, parce qu'elle avait la tête renversée et qu'il a dû se perdre en l'air, mais j'ai bien perçu le claquement caractéristique de sa dernière syllabe. J'ai avancé ma main sous sa jupe et j'ai touché le coton de sa culotte. Après, je n'ai plus su ce que je faisais, j'ai enlevé tout ce qui me gênait, sur elle, la culotte je l'ai tirée comme j'ai pu vers moi, par l'entrejambe, en effleurant de mes phalanges son sexe, et j'ai constaté qu'il n'était pas sec, son sexe, puis j'ai dit soulève-toi un peu, ma chérie, je n'y arrive pas. Elle s'est soulevée et j'ai attrapé aussi le haut de la culotte par l'élastique, d'un côté. J'ai dû mettre les deux mains pour finir, puis j'ai jeté la culotte en direction de la plage arrière, je lui ai remonté sa jupe jusqu'aux hanches et j'ai plongé tête la première entre ses cuisses, tout ça pendant que j'entendais passer les voitures, et Laura m'a dit reste comme ça, c'est plus discret, on a l'impression que je suis seule.

Je l'ai embrassée longtemps de cette manière, encouragé par sa complicité, une complicité très grande, très proche, en fait il est difficile de faire mieux, me disais-je, et je me disais aussi que je pouvais y rester des heures, entre ses cuisses, que j'avais de quoi m'occuper pour la vie. A un moment, toutefois, je me suis arrêté, parce que je ne voulais pas que Laura puisse croire qu'elle me tenait par le sexe, et moi non plus je ne voulais pas le croire, je ne voulais pas entre nous de choses trop limitées, mais j'ai quand même eu envie de la prendre. Je le lui ai dit. Laura m'a dit oui, mais pas dans la voiture, on va être mal, et puis à force ça va se voir. Les voitures continuaient de passer, et je me suis mis à les entendre vraiment, je me suis rangé à son avis. Je lui ai dit d'accord, mais tu ne te rhabilles pas, s'il te plaît, tu restes comme tu es, je la tutoyais follement, tu tires seulement sur ta jupe et la culotte je la garde. Je ne sais pas si je dois le prendre comme une preuve d'amour, m'a-t-elle dit. Je ne sais pas, ai-je dit. Mais déjà c'est la preuve qu'avec toi. Tu ne vas quand même pas la laisser sur la plage arrière, m'a-t-elle dit. Evidemment non, ai-je dit, tu me connais mal, moi, laisser une petite culotte sur la plage arrière d'une voiture, tu plaisantes, on dirait que tu

145

oublies mon sens de l'ordre, ai-je ajouté avec une intention de drôlerie, qu'est-ce que je me sentais bien, à ce moment. Et je suis sorti de la voiture. J'ai ouvert la portière arrière, j'ai attrapé la culotte et je l'ai glissée dans ma poche.

On a continué à rouler en cherchant cette fois un motel, plutôt qu'un hôtel, ou même un champ, plutôt un champ, oui, me disais-je, avec ce temps, j'aimais bien l'idée du champ, mais, si la campagne française n'en manque pas, il en est peu, au vrai, qui distillent en bord de route une ambiance réellement confidentielle. Et, comme je conduisais, et que mes espoirs s'amenuisaient, et que nous rations systématiquement les chemins de traverse, et bien que Laura n'eût rien dit encore, je me suis senti gêné de la savoir offerte comme ça sous sa jupe, et j'ai fini par lui dire qu'il valait mieux qu'elle se rhabille, d'autant qu'on pouvait recommencer dès qu'on le souhaiterait. Je me suis souvenu qu'elle avait dit quelque chose comme ça, quand Constance avait appelé, une fois. Et j'ai pensé que c'était peut-être qu'on avait de petits points de rencontre, finalement.

En tout cas, elle n'a pas mal pris ma proposition. Je n'avais d'ailleurs aucune crainte à cet égard, je crois que je lui rendais plutôt service.

Elle a dit oui, je crois que c'est mieux, et, comme elle se rhabillait, sans l'ombre d'une ombre, sur son visage, je me suis dit que nous commencions à devenir très forts, tous les deux, à savoir passer par des pauses comme celle-là, dans une ambiance qui ne remettait même pas en question le désir. Et que c'était bien la preuve, cette culotte revenue sans crise à son point de départ, que le quotidien ne nous faisait pas peur, parce que ça me faisait penser au quotidien, oui, cette histoire, ramassé sur un temps très court, soit, mais tout de même, ça me faisait songer à ces instants de creux qu'on partage ou non, dans une vie commune. Je parle de vie, hein, pas de cohabitation. J'avais l'impression que c'était seulement maintenant, depuis tout de suite, en fait, qu'on commençait à vivre ensemble, avec Laura, et que ces instants de creux, on les partageait, nous. Qu'on savait. Avec ce que présuppose un tel savoir. Une force.

J'ajoute que dans mon idée ces instants de creux on les partageait et on les partagerait d'autant mieux que, pour ma part, je continuais à voir le visage de Laura comme une offrande, un appel constant à la contemplation ou au baiser, suscitant donc tous les mouvements complémentaires de l'intérêt voire de l'amour, si on veut bien ne pas trop s'interroger sur le mot et que l'on considère ce qui le fait naître, le mot, et qu'on peut toujours appeler attirance, provisoirement, ce qui ne gêne personne alors que le mot suivant, lui, qui lui donne corps, est si problématiquement chargé qu'il nous jette dans l'hésitation. Bref, en attendant que notre relation fût nommable, elle était mieux que bien, et ça n'était pas si mal, c'était même plus que pas mal, et la suite de notre voyage n'infirma en rien cette impression première.

Il y avait peut-être une chose, quand même. C'est que Constance, l'air de rien, avait peut-être joué son rôle, dans le fait qu'avec Laura nous n'avions pas fait l'amour, en chemin. Peut-être, me disais-je, est-ce parce qu'on n'y est pas tout à fait au bout, du chemin. Et que là-bas.

Je n'en étais pas sûr, mais, comme j'avais un doute, j'ai préféré accélérer. Ce qui fait qu'on a passé vite les châteaux de la Loire et que Laura n'a pas eu le temps de proposer qu'on s'y arrête, en guise d'acmé dans notre parcours. J'entends pour que ce soit notre Venise, à nous, le château de Chambord. De toute façon, ce n'est qu'une supposition, Laura n'a jamais rien dit, elle s'est juste extasiée sur les flèches de Chenonceaux, au loin, et d'ailleurs j'ai trouvé ça encourageant, pour les conversations que nous pourrions avoir. Les séries télé et l'architecture, me disais-je, c'est déjà une base.

Je dis ça, mais au fond ça m'était égal. Je ne suis pas très exigeant sur la culture, et j'ai plutôt peur de l'excès, dans ce domaine. Je n'aurais jamais pu vivre avec une universitaire, par exemple. Une institutrice, je ne dis pas. Constance, elle, elle avait fait quinze métiers. Rien de bien sérieux. Je le dis pour mémoire.

Et hop, hop, hop, donc, c'est comme ça qu'on a atteint Poitiers puis Saintes. Tout ça contourné, bien sûr, pas question de s'arrêter en ville. On a juste déjeuné en route. Un petit restaurant avec son parking au bord, où je me suis garé en épi. On s'est regardés en mangeant, Laura et moi, avec des retenues de sourires, on n'avait presque rien à se dire, à ce stade-là, juste à se sentir, elle et moi, à se tenir à bout de regard, oui, comme deux qui ne voudraient plus se perdre, maintenant qu'ils ont trouvé comment faire, pour être proches. Sauf qu'évidemment ça n'empêchait pas les blancs, parfois, parce qu'il existe aussi des blancs, à l'intérieur du silence, et que ça m'a permis de repenser à Claire. Pas trop à Constance, à cause des kilomètres, qui m'aidaient beaucoup, je crois, surtout depuis la Loire, et plus encore depuis la Charente-Maritime, je l'avais lue sur un panneau, la Charente-Maritime, c'était déterminant, pour mon calme. Non, je pensais à Claire, et aussi au bureau, sans les associer, bien sûr, et je me disais je les appelle quand ? Mais j'avais beau me poser la question, je n'arrivais pas à me fixer sur une attitude. Et on s'est retrouvés bientôt, Laura et moi, à rouler dans ce paysage boisé de la Saintonge, à l'approche de la mer, qui semble un semis échappé des Landes, par-dessus l'estuaire de la Gironde, et qu'aurait déposé là le vent. Avec un grand beau morceau de forêt, plus loin, et tout au bout la mer. Laura a voulu la voir.

Ce n'était pas tout de suite mon projet. L'idée, pour moi, c'était d'abord de voir Ralph, qui vit plutôt à l'intérieur, vers les parcs à huîtres. Poser nos bagages, donc. Mais Laura a insisté. J'étais content qu'elle insiste.

Ça sentait ce qu'on voyait : les pins. Puis très vite la mer, qu'on ne voyait pas encore. Et déjà le vent, les cheveux dressés sur les têtes. On croisait des cyclistes. On est entrés dans Ronce, c'était plein de voitures, avec des personnes lentes, en sandales, jambes et bras nus, qui freinaient devant des vitrines. Des enfants. Des casquettes à logo. De la chaleur, et toujours le vent. Ça klaxonnait. Le ciel était bleu.

Je me suis garé dans un parking à pièces. On est descendus de voiture, avec Laura, on a couvert une centaine de mètres en compagnie de gens qui portaient à l'épaule une serviette, à la main un panier. D'autres, plus nombreux, se rapprochaient de nous à contresens, s'arrêtaient à hauteur d'une voiture, posaient des sacs, sortaient une clé. Laura a pris ma main, on était encore sous les pins, je l'ai bien gardée dans la mienne. Je l'ai même serrée. Puis je la lui ai ouverte, j'y ai glissé mes doigts, j'ai tout refermé et j'ai serré. Je la lui ai lâchée pour lui prendre le poignet puis je la lui ai reprise. Elle répondait à ma pression. Une fois, elle l'a précédée. J'ai serré plus fort. On montait légèrement en direction du ciel. Puis on a fait encore vingt pas et on a vu la plage.

C'était l'été comme on se l'imagine, avec tout ce monde nu et couché ensemble, en contact avec le sol. Mais, surtout, ça m'a paru large. A droite comme à gauche. Et l'eau, après, je l'ai vue comme une fin, une fin de quelque chose, et aussi le début d'autre chose, qui ne finissait pas. En tout cas ça s'ouvrait à gauche sur l'Atlantique, c'était net.

Alors, même sans avoir vu Ralph, j'ai pensé qu'on était arrivés. Et Laura aussi l'a pensé. Je le sais parce qu'elle m'a regardé. Elle m'a souri. Elle était peut-être contente de voir la mer. Je n'ai pas osé lui demander si c'était la première fois, ça me paraissait douteux. Mais on s'est regardés encore et j'ai bien compris qu'elle voulait fouler le sable. On s'est donc avancés tous les deux et Laura a retiré ses chaussures. Pas moi. J'aime bien marcher dans le sable en chaussures, de sorte qu'il n'y entre pas. C'est difficile. Presque impossible. Pas impossible. J'y étais parvenu par le passé. Pas un grain de sable, du moins à l'aller, dans le sens terre-mer, et ensuite on aborde l'estran comme un trottoir. Reste à ne pas mouiller les chaussures. A reculer quand l'eau monte. J'ai joué à ça avec Laura, j'avais besoin d'un peu de quant-à-moi parce que ça devenait fort. Je sentais Laura en avant, je ne voulais pas qu'elle me dépasse, pourtant je me donnais un peu de temps avant de la rejoindre. Je crois que j'avais peur. J'ignorais de quoi. Tout était vaste. Laura me tenait la main, toujours, je la suivais. Je faisais très attention à mes chaussures. Je regardais aussi les gens, sur le sable, j'évitais les serviettes. Pas Laura, elle n'évitait rien ni ne regardait personne.

Et puis j'ai eu envie d'être comme elle. J'ai dit attends, j'ai retiré mes chaussures. On a marché dans les vagues, au bord. Laura a voulu s'avancer. Moi, je ne voulais pas relever les jambes de mon pantalon, j'avais besoin de garder mon pantalon sec, c'était comme une prudence. Elle s'imposait. Pas seulement pour moi. Pour elle. Que je reste sec, moi. Au moins moi. J'ai dit vas-y, je t'attends. Elle m'a lâché la main, je savais qu'elle allait revenir. Evidemment. Je l'ai regardée s'avancer dans les vagues et je l'ai attendue. Elle n'est pas restée longtemps à se mouiller les jambes. Les vagues mordaient le bas de sa jupe. Elle s'est retournée avec son visage. Sa nouvelle tête. Je l'attendais, ça devait se voir. J'ai fait mine de regarder le ciel. Elle a couru vers moi. Elle m'a éclaboussé quand je lui ai tendu les bras.

On s'est repris la main en remontant la plage. Il y avait une grosse différence : la foule nous faisait face. La terre aussi. On la ralliait, c'était comme fendre le monde. On traversait les corps, on piétinait les têtes, on ne voyait rien. La curiosité nous quittait. Il n'y avait rien d'excitant nulle part, excepté l'air, mais même pas, ce n'était même pas l'air. C'était nos souffles. Notre air à nous. On produisait de l'iode. Je me suis senti sain. Avec juste l'envie de coucher Laura dans le sable. Je me suis dit qu'on ferait l'amour souvent, que le manque ne nous quitterait pas, que nous non plus. Qu'on connaîtrait la faim, une faim princière, luxueuse, servie dans son assouvissement.

On a franchi la dizaine de kilomètres qui nous séparaient de la maison. Ralph m'avait donné l'adresse, la couleur des volets, le site. Vue sur les huîtres, en retrait du chenal. On est arrivés droit sur les volets. Verts. Une maison petite, que je n'avais jamais vue qu'en mots, au téléphone. La porte était entrouverte. On est entrés. Ralph n'avait pas entendu la voiture parce qu'il passait l'aspirateur. Il nous tournait le dos. J'ai regardé Laura. Elle m'a juste jeté un coup d'œil. J'attendais sa réaction pour sourire, mais elle ne souriait pas. L'histoire de l'aspirateur, entre nous, c'était trop loin d'elle, je suppose. Ça remontait au matin. Moi, je me suis quand même souvenu qu'on l'avait dans le coffre. Ralph n'entendait rien, j'ai dû tousser. Quand il s'est retourné, c'était trop tard, je me suis aperçu que je ne lui avais rien dit, pour Laura. Il m'attendait seul. Il ne pouvait pas savoir. Laura se tenait près de moi et Ralph m'a salué et tout de suite après il a serré la main de Laura et seulement après il est revenu vers moi pour dire Jacques. Il était content de me voir. Même avec elle. Il n'avait pas connu Constance, pour lui Laura devait être quelqu'un comme Constance, avec qui je vivais. Je lui avais parlé de Constance, mais pas tellement. Je l'avais évoquée entre parenthèses, par supersitition. Et puis on avait parlé peu, au téléphone. Je connaissais sa vie et nos appels étaient brefs. Il n'avait pas besoin de me dire comment ça allait, je savais que c'était mal. Il allait toujours mal. Venir s'installer comme ça au bord des parcs à huîtres avec une femme qui le quittait neuf mois plus tard et rester là parce que c'est le bout et qu'on n'a pas la force de repartir, ça ne pouvait aller que mal. Ralph, à côté de moi, c'était quelqu'un de perdu. Moi, en un sens, je me cherchais, ça m'occupait. J'avais l'avantage sur lui. Un métier, en plus. Lui faisait les marchés, achetait des lots, je le vivais mal, je me demandais toujours pourquoi il n'en finissait pas une fois pour toutes. Mais non, il avait l'air de se battre contre un mur et d'aimer ça. Jamais de peine dans sa voix. Au contraire. Il l'avait grave, la voix, posée. C'était un grand type. Un peu fort. De grandes mains. Il a dit ça me fait plaisir. Il souriait, il m'aurait apaisé si ç'avait été nécessaire. Laura aussi s'est sentie à l'aise. Ralph a dit j'essayais de faire un peu de ménage avant que tu arrives, mais il est en train de me lâcher. Il ne tire plus. J'ai eu beau changer le sac, il ne tire plus. Cochonnerie.

Je n'ai rien dit. Là, quand même, Laura m'a regardé. Elle se demandait. Moi aussi. Puis je me suis dit non. Ralph ne comprendrait pas que je sorte de mon coffre un aspirateur en état de marche. Je ne me voyais pas lui expliquer. J'ai fait à

Laura un petit signe qui voulait dire non. J'ai supposé qu'elle comprenait que je ne voulais pas sortir notre aspirateur, pas parce que Ralph poserait des questions, mais parce que je préférais que ça reste entre nous. L'aspirateur, dans le coffre, c'était à nous. Un fétiche. Un gros fétiche que je devrais couvrir d'un plaid ou de quelque chose, un jour. Il ne s'agissait pas que Ralph nous aide à vider le coffre. Or Ralph est quelqu'un qui aide. J'ai craint le pire.

J'ai dit qu'il ne devait pas s'embêter pour le ménage. Que la poussière, moi. Laura commençait à réagir, j'ai vu sa main devant sa bouche, ses yeux briller. Quelle nature, me suis-je dit, cette fille. Etre avec moi et rire, maintenant. Je n'en croyais pas mes yeux ou plutôt si. Je trouvais ça normal. Je trouvais ça normal qu'elle m'aime. Je m'habituais complètement. J'étais à l'aise. On était tous à l'aise. Même Ralph, avec son aspirateur à lui. On était tous très à l'aise avec nos aspirateurs. Ralph a fini par remiser le sien. Il a dit de toute façon avec le sable. Il nous a montré la maison.

Je l'avais déjà vue un peu en entrant. Les toiles aux murs, surtout. Je n'avais pas bien réagi à cause de l'aspirateur, qui créait toute l'ambiance. Mais, maintenant, oui, je prenais la mesure de ce qu'on voyait. Comment dire. Ralph peignait des poules. Des gallinacés. Je dis Ralph-peignait, ça restait à prouver, mais je n'imaginais pas qui, à part lui, aurait pu peindre toutes ces poules. Les gens ne peignent pas des poules comme ça, me disais-je, et surtout, si jamais c'était le cas, on ne leur achèterait pas comme ça toutes leurs toiles. Une, je veux bien. Deux, à la rigueur. Mais dix. J'en ai compté une dizaine. Certaines s'étageaient jusqu'au plafond. Une à une. Je veux dire qu'il s'agissait de portraits, de portraits individuels. Pas de groupe. On ne voyait pas de basse-cour, dans le fond. Non, c'étaient des portraits de poules. En pied. Pas très professionnels, dans l'exécution. Sauf un. J'ai pensé que c'était le signe que Ralph faisait des progrès, qu'il avait acquis récemment une maîtrise, dans ce domaine. Ou qu'à l'inverse ce portrait-là n'était pas de lui et qu'il s'en était inspiré pour les autres. De toute façon, on ne pouvait rien savoir, il restait muet sur le sujet. Il disait là, c'est le salon, comme tu vois, les chambres sont en haut, et je suis assez content de la cuisine. C'est par là. Rien d'autre. Comme s'il eût considéré qu'il n'y avait rien à dire, sur ces portraits, ou qu'il n'eût pas osé, ou encore que les portraits se suffisaient à eux-mêmes. Qu'ils en

159

disaient assez, sur lui. Sur son intimité. Parce qu'il s'agissait bien de ça, d'intimité. Peindre des poules à ce point-là relevait forcément de l'intimité. D'un secret. Qu'il exhibait, donc. Si bien que tout était dit, livré d'emblée, et qu'il n'y avait plus qu'à se taire. Il était tranquille, avec ses portraits, Ralph. Tout le contraire de nous, en somme, Laura et moi, avec notre aspirateur qu'on cachait. Ça n'empêche pas qu'on puisse bien s'entendre, me suis-je dit.

On a quitté le salon, où il n'y avait pas que des poules aux murs, du reste, c'était un capharnaüm, ce salon, avec des fauteuils clubs lacérés, une commode Empire poncée, une armoire d'apothicaire en ruine, un lustre en perles, une robe en dentelle blanche sur un mannequin de couture, un paravent écaillé, et Ralph nous a montré sa cuisine. Ce qu'il y a de bien, nous a-t-il dit, c'est la vue. Elle donnait sur le jardin, sa cuisine, en trapèze, le jardin, qui s'amenuisait vers le fond. On ne voyait pas les parcs, juste un bout de campagne. Mais c'est vrai qu'elle était claire, sa cuisine. C'est clair, lui ai-je dit. J'ai jeté un coup d'œil à Laura. Elle avait l'air bien. On visitait ensemble. J'ai eu envie de lui prendre la main, mais je n'aime pas ça devant les gens. J'ai surtout hésité devant

Ralph. Je ne voulais pas lui jeter notre amour à la figure. Vous allez voir la suite, a-t-il dit.

Ralph a poussé une porte. Ça donnait dans le garage, et c'est là que j'ai compris, que j'ai compris que c'était fait pour qu'on comprenne. Une poule nous est passée entre les jambes. Le sol était couvert de déjections. Plus loin, dans la partie où il rangeait sa voiture, Ralph nous a montré les cages. Des cages de bric et de broc : une carcasse de lave-linge grillagée, un meuble-bibliothèque reconverti avec de petites lampes dans les cases pour la chaleur. Des familles de poules. Des coqs, bien sûr. Une quinzaine d'individus en tout. J'en ai reconnu un, avec une sorte de huppe. Qu'est-ce qu'elle est belle, celle-là, ai-je dit. Ralph nous a donné le nom. Puis les autres. Des poules exotiques. J'en vends aux collectionneurs, a-t-il précisé. Ça commence à prendre. Ça complète mon RMI.

Comme c'était la fin de la journée, on a pris l'apéritif dans le jardin, sur une table en fer. Laura s'est assise dans un confident. Un vieux confident râpé aux angles, recouvert d'une toile pour la pluie. Ralph a servi un vin cuit. Il restait debout, nous regardait en tenant son verre. Il nous a demandé si on avait fait bon voyage, et j'ai bien aimé cette question tardive. C'était sa générosité, à Ralph. S'intéresser aux gens comme ça. Je le redécouvrais, moi. Montrer ses poules, donc, parce que c'était important, pour lui, puis en revenir aux gens. Poser les choses. Savoir comment ça va, tôt ou tard. Et demander pour le voyage, d'abord. Commencer par l'anecdotique.

C'est après que c'est devenu sérieux. Sérieux, mais pas grave. Ralph m'a demandé si j'y travaillais toujours, au bureau. Dans la même société. J'ai dit oui, dans la même société, et je me suis redit qu'il fallait que j'appelle. Demain. Mardi. Puis Ralph s'est tourné vers Laura mais il n'a rien dit. Moi, je ne travaille pas, a dit Laura. Evidemment, Ralph la mettait à l'aise. Socialement. Mais pas seulement. Je n'ai pas vraiment de travail, a expliqué Laura. Ça n'empêche pas les vacances. Je commençais à connaître son sourire.

On a parlé un peu. De Ralph, surtout. Qui m'a tout de même demandé des nouvelles de Lucien, de Claire aussi, qu'il avait eu le temps de connaître. Ils s'appelaient, de temps en temps. Mais enfin on a parlé surtout de son élevage. Et c'est surtout lui qui parlait. Nous, on s'est laissé faire. Puis Ralph s'est levé en évoquant le dîner. On a voulu le suivre tous les deux à la cuisine, mais il a refusé. J'ai laissé Laura insister. Il a refusé de nouveau.

On est restés elle et moi dans le jardin et je me suis assis dans l'autre courbe du confident. Nos mains se sont rencontrées sur l'accoudoir. La chaleur persistait, on était trop couverts, il aurait fallu qu'on se change. Sortir les bagages. Le coffre, ai-je dit soudain. J'avais oublié le coffre.

Je me suis levé, je suis repassé par la cuisine, j'ai dit à Ralph que j'allais à la voiture. C'est vrai que je ne vous ai pas montré la chambre, a-t-il dit. Rien ne presse, ai-je répondu. Je mentais. Je voulais me retrouver avec Laura. Dîner de bonne heure. J'aimais bien Ralph, tel qu'il était, là, aujourd'hui, dix ans après, mais j'avais besoin de Laura. C'est fou ce que j'ai besoin d'elle, me suis-je dit. A ce point-là, je trouve même ça un tout petit peu bizarre. Ça cache quelque chose. Je me cache quelque chose. Constance. Non. Objectivement, je ne pensais plus à Constance. Plus maintenant. Plus ici. Je pensais à Laura. Tranquillement. Ardemment. Eh bien mon vieux, ai-je songé. J'en aurais presque ri. J'ai sorti les bagages du coffre et j'ai recouvert l'aspirateur avec des chiffons. Je n'avais rien de large. Il faudra que je trouve quelque chose de large, me suis-je dit. Je trouverai peut-être ça chez Ralph. On doit trouver des tas de trucs, ici.

On n'a pas pu faire autrement que rester tard, à table. Ralph était content de parler, finalement on l'a écouté jusqu'au bout, sans agacement. Puis j'ai quitté la table en disant pour la blague qu'on travaillait tôt, le lendemain, et on s'est séparés dans la même bonne humeur.

C'est surtout le lendemain, de fait, que j'ai considéré que ça commençait vraiment, la vie avec elle. Ici. Chez un vieil et lointain ami qui masquait ses plaies derrière des portraits de bêtes. Il n'y a pas de lieu, pour ça, me suis-je dit.

On avait passé une nuit splendide, blanche, jusqu'à en avoir assez de tout. Vers l'aube, mal réveillés après un somme, on ne se supportait plus. La moindre caresse nous tuait, nous embrasser était devenu impossible, s'effleurer du pied nous lestait les paupières. On n'avait plus de corps. On a redormi tellement tard que Ralph était parti quand on est descendus pour déjeuner. Il nous avait laissé un mot. Je suis aux courses. Sans aide financière, ai-je songé. Ça m'a gêné.

Laura aussi était gênée. Ralph absent, elle se sentait moins chez elle. Puis on s'est repris. Il s'agissait de nous. C'était notre premier jour. Qu'est-ce qu'on fait ? a dit Laura. J'ai dit je ne sais pas. Ce que tu veux. Non, ce que tu veux toi, a-t-elle dit. J'ai senti que la conversation risquait de languir. On peut prendre la voiture, ai-je proposé. Voir le pays. On peut acheter un guide. Ou aller à la plage. J'allais ajouter comme tu veux et me mordre les lèvres mais Laura a dit oui. A la plage. Avec des affaires de plage. Parce que j'ai pas de maillot. J'ai rien. Moi non plus, ai-je dit. Je ne partais pas pour ça. Je t'ai dit que c'était pas des vacances. Mais maintenant, a dit Laura. Maintenant c'est toujours pas des vacances, ai-je dit. C'est la vie. Alors voilà ce qu'on va faire. On va acheter des maillots. Génial, a dit Laura. Et des raquettes. Des raquettes ? ai-je dit. Avec une balle qui résiste au vent, a dit Laura. Si tu veux, ai-je dit. Je veux bien jouer aux raquettes avec toi.

Ça me fera du bien, ai-je songé. Un peu de sport. On est allés en ville, voir les boutiques.

Laura a essayé des maillots. Je ne parle pas de moi. Elle m'a demandé de choisir. Je ne savais pas, ils lui allaient tous. J'ai peut-être déjà suggéré que Laura était bien faite. Avec des hanches. Une taille. Des seins. J'ai déjà parlé des jambes. Elle a tout, cette fille, ai-je pensé éhontément de manière fugitive, qu'est-ce qu'elle perd son temps à vouloir faire des ménages, elle pourrait. Je me suis senti loin d'elle, soudain, comme au début, mais différemment. Mais avais-je jamais été loin d'elle, c'était une question, je ne savais plus y répondre. Toujours est-il que de cette place, éloignée, un instant, dans cette boutique, j'ai tout de suite eu envie de revenir vers elle. Ça doit être exactement ça l'amour, me suis-je dit, ce mouvement, ou alors je n'y connais rien et d'ailleurs je m'en fiche. J'ai dit celui-là quand elle a essayé le maillot que j'ai considéré comme le dernier parce que ça commençait à être long quand même, je voulais passer à autre chose. J'ai acheté le mien dans la foulée, puis ailleurs les raquettes et encore ailleurs un sac pour ranger tout ça avec les serviettes. On avait emporté des serviettes, Ralph en avait une douzaine chez lui. On est allés à la plage comme tout le monde et comme tout le monde on a trouvé une place. On a étendu nos serviettes à deux pas des autres, comme si on ne les voyait pas, les autres, comme tout le monde. J'aurais passé des vacances dans un club, avec elle. Avec des animations le soir.

Laura a voulu se baigner. Pourquoi pas, me suis-je dit. Avec toute cette eau. Je l'ai suivie vers le bord, comme la veille. Je me sentais bien en short de bain avec elle, le torse nu, sa main dans la mienne que je ne lâchais plus ou que je lâchais pour la reprendre sans aucune hésitation de sa part. Ni de la mienne. On est entrés ensemble dans l'eau, je l'ai trouvée froide mais je n'ai rien dit. Laura non plus. On devait tous les deux la trouver froide, mais on ne disait rien. Ce n'était pas de la gêne, c'était de l'envie. D'y aller ensemble. On s'est mouillés tout de suite. Après, Laura s'est mise à nager et je l'ai accompagnée jusqu'à un certain point. Après, j'ai préféré l'attendre. J'étais moins résistant qu'elle, visiblement, moins entraîné aussi, mais ça n'a rien à voir. L'attendre, la voir revenir, ça me plaisait. Ça m'a plu. On s'est étendus sur nos serviettes, je me suis aperçu que je n'avais pas de livre. De toute façon, je n'ai jamais pu lire sur une plage. Je n'aime pas le soleil. Je déteste le sable. La mer, je trouve ça trop grand. Je l'évite en juillet. J'ai fermé les yeux. Laura cherchait ma main, la trouvait. J'étais bien. Un peu trop chaud, surtout le crâne. J'ai pensé à me racheter une casquette, j'avais laissé la mienne à Paris.

On est rentrés déjeuner, pour Ralph. On ne l'avait même pas salué. Je lui ai proposé une participation financière, pour la nourriture, le gaz et l'électricité. Je lui ai demandé si ça ne ne le dérangeait pas un chèque. Je l'avais pris à part, en dehors de Laura, je ne voulais pas évoquer de problèmes d'argent devant elle. J'ai forcé Ralph, qui refusait, à accepter et ça n'a pas été trop dur. Il était quand même très pauvre. J'étais content de ça. Je ne connaissais pas tellement de gens pauvres, autour de moi, je ne parlais jamais avec les miséreux de mon quartier, j'avais peur qu'ils ne me demandent asile. J'étais frileux, comme homme. A part l'amour, je ne valais pas grand-chose. A part aller vers l'amour, j'entends. Je ne parle pas de succès, pitié.

Pourquoi exactement, je n'en sais rien, tout ça m'a fait repenser au bureau. J'ai demandé à Ralph si je pouvais téléphoner, en payant, bien sûr. J'ai appelé Ségolène, du service du personnel, je la connaissais un peu, et je lui ai annoncé que j'étais malade. Combien de jours ? a-t-elle dit. J'ai répondu comment veux-tu que je sache combien de jours je vais être malade. Puis je n'ai pas voulu l'embêter, j'ai dit une semaine au moins, c'est la gorge. J'essayais de troubler ma voix, sans succès, j'ai toujours mal menti. Tu me racontes des histoires, m'a dit Ségolène, je ne te connais pas bien, Jacques, mais tu me racontes des histoires. Ça s'entend très bien que tu te forces. Je suppose que tu as un certificat. Evidemment, ai-je dit. Je connais un médecin.

J'ai raccroché. J'ai rappelé pour joindre Desrosiers, lui demander si ça allait. Je suis content de t'avoir, m'a dit Desrosiers. Tu vas passer, aujourd'hui ? Parce qu'il y a urgence. La Smerep. Ils vont rappeler. Ils sont sur les dents. J'essaie de les calmer, mais ils ne veulent rien entendre, ils te considèrent comme leur interlocuteur. De fait, Jacques, c'est toi, leur interlocuteur. Tu passes quand ?

J'ai répondu à Desrosiers que j'étais malade. Tu ne peux pas bouger, là ? m'a-t-il dit. Juste passer ? Non, ai-je répondu, je suis au bord de la mer. Qu'est-ce que tu fabriques au bord de la mer

170

malade ? m'a demandé Desrosiers. Je me soigne, ai-je répondu.

Je n'ai pas poursuivi la conversation, je n'avais pas envie de parler de la Smerep avec Desrosiers ni avec personne. J'ai raccroché. Je n'avais rien réglé, mais au moins c'était clair. Je dérapais. Tout ça à cause de Constance. Parce que Laura n'y était pour rien, elle. J'étais parti à cause de Constance, pas de Laura. Sauf que je restais à cause de Laura, c'était quelque chose qui se précisait. Oh et puis merde, me suis-je dit, tout ça c'est à cause des femmes, et alors qu'est-ce que tu as fait de propre en dehors des femmes, dans ta vie, hein ? Tu veux garder ton emploi, c'est ça ? Oui, c'est ça, me suis-je répondu. Eh bien dans ces conditions je vais la contacter la Smerep, je les appellerai dans la semaine. Et voilà.

Voilà voilà. Je ne vais pas m'embêter avec ces problèmes. J'ai retrouvé Laura et Ralph, qui ne s'appelle pas Ralph, d'ailleurs, je le savais bien. Je peux te demander une chose, lui ai-je dit sans préambule, c'est venu comment cette histoire de Ralph ? J'étais un peu tendu. Ça remonte à quand, déjà ?

Oui, je sais bien que tu sais que mon nom c'est Raphaël, m'a dit Ralph, et j'ai senti que c'était d'une confession qu'il s'agissait, soudain, une confession que je provoquais, brutalement, à cause de Ségolène et de la Smerep, avec le recueillement que ça implique, une confession, notre silence à nous, notre écoute, un rien de tension qu'on essayait de partager du mieux possible. Et que c'est une femme, a continué Ralph. Je ne te l'ai jamais dit ?

Non, ai-je répondu. Tu m'as dit pour Raphaël mais pas pour la femme. Quelle femme ? Florence Abitbol ?

On savait qui c'était tous les deux, Florence Abitbol.

Non, a dit Ralph. Juste avant. On ne se connaissait pas, toi et moi. On s'est rencontrés après au camping, comme tu sais, et il y a eu Florence et on s'est perdus de vue, si bien qu'on se connaît assez mal, en fait. La fille d'avant. C'est elle qui a voulu.

Qui a voulu quoi ? ai-je dit. Je n'étais pas concentré, je regardais Laura, elle était plus concentrée que moi, ça l'intéressait, cette histoire. Ça m'a fait plaisir, qu'elle s'y intéresse. Je découvrais sa curiosité. J'adore la curiosité, chez les femmes.

M'appeler Ralph, a dit Ralph.

J'ai hoché la tête.

Elle ne m'a jamais dit exactement pourquoi, a précisé Ralph. Je me suis habitué. Les autres aussi.

Evidemment, ai-je dit. D'ailleurs ça te va bien.

Ça m'est égal, de toute façon, mon nom, a dit Ralph.

Moi aussi, ai-je dit.

Jacques, a dit Laura.

Enfin non, ai-je rectifié. J'ai tout de même touché la main de Laura devant Ralph. Qui a dit il faudra que je vous montre les autres. Les autres, ai-je répété. Les autres poules, a-t-il dit. J'ai un petit terrain à l'écart, au bout du chemin qui passe derrière. J'ai même un âne. Un âne ? ai-je dit. Oui, un âne, a dit Ralph, un petit âne. J'aimerais bien le voir, a dit Laura.

C'est ce qu'on a fait dans le début de l'après-midi. On est allés voir les autres poules, l'âne, et c'est tout. J'ai failli avoir des émeus, nous a dit Ralph, un couple, mais j'ai reculé. C'est très dur, les émeus. C'est sauvage.

J'imagine, ai-je dit.

Il avait l'air content de tout ça, Ralph, le grand, le fort, le malheureux Ralph, il nous montrait ses cages en plein champ, avec des systèmes d'ouvertures variés, des passages. Certaines poules ne

manquaient pas de style, d'ailleurs, qui trotti-
naient loin de nous, la tête haute, la huppe dres-
sée, les plumes en éventail. Il y avait aussi un coq
énorme, revêche, sédentaire. Mais Laura a préféré l'âne. Sauf qu'elle s'intéressait à tout. J'avais
l'impression qu'elle sortait de chez elle pour la
première fois, qu'elle vivait. Qu'avant, non. C'est
vrai qu'avec ses cheveux, ai-je pensé. On peut se
demander si c'était possible, avec des cheveux
pareils. Ma pensée filait, prenait ses aises, je la
suivais sans me poser de questions. Excepté une,
ancienne, du reste. Comme quoi j'étais loin d'être
devenu créatif. Ce n'est pas parce que je vivais,
moi aussi. Bref, je me suis demandé de nouveau,
pour sa mère, à Laura, si elle y pensait. Je n'osais
toujours pas lui en parler. Je crois qu'elle attendait un peu. Ça m'était revenu plusieurs fois,
même, ce problème, y compris la nuit précédente, puis ça m'avait passé. J'oubliais moi aussi
la mère de Laura. Pas un pour relever l'autre,
me suis-je dit.

On est retournés plus tard à la plage. Sans
Ralph. Il a prétexté ses poules, je crois surtout
qu'il n'aimait pas la plage. Comme moi. On était
pareils, par certains côtés. Il n'était pas venu seul,
ici. On n'était allés nulle part seuls, lui et moi.

Mais rester seuls, oui. Ça m'a fait juste un peu peur.

Laura l'aimait bien, elle, la plage. L'eau, le sable, le soleil, et je crois aussi qu'elle aimait les gens. La foule. Moi, je n'aimais toujours pas le soleil, mais le sable, finalement, et l'eau, à part le sel, oui, et même les gens ne me dérangeaient plus. Je les regardais, de temps en temps, autour. Les voisins, surtout. Je n'avais même plus besoin de porter loin le regard. Une couverture de magazine, le relief d'une fesse, même un enfant. Je regardais jouer un enfant, parfois. Je me sentais ouvert.

J'avais acheté une casquette en chemin. Pas de livre encore. Je n'en éprouvais pas le besoin. On a bien le temps de lire. Ce que je préférais, à part me baigner avec Laura, c'était toujours l'attendre. Rester seul sur ma serviette. Fermer les yeux, la casquette sur le nez. Ecouter la rumeur. Les petits bruits à l'intérieur : cris, chocs, appels. Un enfant passait parfois en courant qui projetait du sable. Je m'époussetais le ventre.

Laura nageait bien. Je ne l'ai accompagnée qu'une fois, ce jour-là, jusqu'à la ligne des bateaux, je me suis accroché à une chaîne. Elle a continué. Je lui ai dit que je rentrais. Je ne nageais pas en temps ordinaire, je ne pratiquais aucun sport, j'avais peur de m'essouffler. Je sentais mes limites. Je m'en rapprochais, de mes limites. Je suis revenu vers le sable. J'ai jeté un coup d'œil aux gens, pour m'en souvenir, après, sur ma serviette, en essayant de les détailler au passage, embonpoint, seins nus, coups de soleil, puis j'ai refermé les yeux sur ma serviette, donc. Laura est rentrée une demi-heure après, j'avais ma montre. Quand elle a été sèche, elle m'a demandé de l'enduire de crème. Je lui avais acheté de la crème. Lui masser les épaules, le ventre, ça m'allait, ça lui allait aussi, chaque fois que je la touchais ça nous allait, on avait besoin de contacts en permanence, maintenant. On n'oubliait jamais le corps de l'autre, c'était comme une mémoire. Avec, dans le prolongement immédiat de la conscience, le geste. La vérification. La main. La peau. Le besoin.

On a joué un peu aux raquettes, après, mais Laura n'était pas douée. Elle était délicieusement nulle. Je l'en ai félicitée et on a rangé les raquettes. On est rentrés tôt, parce que j'en avais assez de la plage. De toute façon, si je suivais Laura, elle me suivait aussi, on était capables de se sacrifier.

Ça nous faisait plaisir. Je lui ai même demandé une promenade, une petite promenade sur la promenade, à croiser les gens en regardant la mer. Tout le long du muret, les estivants se débarrassaient de leur sable. On est revenus par l'intérieur de Ronce, en traînant devant des boutiques mal situées. On a vu une enseigne de boucherie chevaline, ancienne, Laura a apprécié sous mon regard. J'avais envie qu'elle aime le passé. Elle n'était pas rétive.

On n'a pas vu Ralph en arrivant. Il peignait une poule dans le garage. Il peignait sur ses genoux, sans chevalet, avec ses couleurs déposées sur un rectangle de contreplaqué. Le modèle bougeait un peu dans sa cage, mais Ralph s'en fichait. Il peignait même sa poule le dos tourné. J'ai vu qu'il ne représentait pas le grillage, bref, que c'était assez libre, comme interprétation, sauf la couleur. Ralph travaillait beaucoup la couleur. Il cherchait la fidélité. On l'a regardé un moment, Laura et moi, encouragé, aussi, mais je n'ai pas voulu le déranger. J'ai proposé de m'occuper du dîner, dans une heure. Puis on est rentrés tous les deux au salon, et j'ai dit à Laura que je devais passer un coup de fil. J'ai composé le numéro de Claire, mais ça ne répondait pas. Pas de répondeur non plus. Et je n'avais pas branché le mien. J'ai pensé à joindre la Smerep, puis je me suis dit que non. Je commençais à me sentir terriblement en vacances, et je n'avais pas envie de mélanger les genres. Je voyais bien que ça devenait dangereux, pour moi, mais rien à faire. Je n'y arrivais pas.

Quand j'ai eu raccroché, Laura m'a demandé si elle pouvait. Je lui ai tendu le combiné. On ne s'est rien dit d'autre mais j'ai compris qu'elle appelait sa mère. Comme quoi. Comme quoi la pensée ne se voit pas toujours, chez les gens. Ou comme quoi, chez Laura, elle pouvait surgir et s'accompagner d'un geste. Comme entre nous, pour les contacts. Ou encore, c'était mon coup de fil qui lui avait donné l'idée. Auquel cas elle n'y pensait pas beaucoup de toute façon, à sa mère.

On voit que ça me préoccupait, ce problème, et je le voyais aussi. Je crois que j'avais envie qu'elle ait une morale, Laura. Un cœur pour les autres. Moi tout seul, je craignais que ce ne soit trop. Trop beau ou trop gros, peut-être les deux. Les deux, ç'aurait été embêtant.

Et puis j'ai bien vu que Laura ne parlait pas à sa mère. Non plus qu'a son petit ami, du reste. Je m'en souvenais, de son petit ami. Ce n'est pas parce qu'on n'en soufflait mot, elle et moi. Il l'avait fait partir de chez elle, ce type. Enfin de toute façon c'était de l'histoire ancienne, ça, et d'ailleurs j'ai compris peu après que Laura parlait avec sa sœur. Elle ne posait pas de questions, elle réagissait à des phrases. Des phrases courtes. Elle avait l'air concentrée et de lutter contre quelque chose. Elle répondait par monosyllabes. Oui, non. Parfois un blanc. Puis elle réécoutait, elle répondait brièvement. A la fin, elle a dit qu'elle était en Vendée, au bord de la mer, elle m'a demandé le numéro de téléphone de Ralph. Je l'avais sur moi, dans mon carnet. Laura l'a communiqué, à sa sœur, supposais-je toujours, puis elle a raccroché. Elle est venue contre ma poitrine. Je lui ai caressé le crâne. Je lui ai massé un peu le cou. Elle m'a demandé de la serrer plus fort. J'ai augmenté ma pression, j'ai eu la sensation de l'écraser contre moi et que c'était ce qu'elle voulait, que je me l'incorpore, que je la dissolve en moi. Je me suis demandé si elle pleurait, je ne sentais rien d'humide sur ma chemise. En tout cas, elle n'avait pas de sanglots. Elle cherchait peut-être à se libérer, et je lui ai proposé de le faire. Elle a bougé latéralement sa tête contre ma poitrine. Ça te

ferait du bien, ai-je dit. Plus tard, peut-être, m'a-
t-elle répondu. Elle est bien restée une minute
encore contre moi à se faire étreindre. Puis elle
s'est dégagée, elle m'a regardé comme si elle cherchait à savoir si je représentais une force, pour
elle. Elle a dû le penser, parce qu'à un moment
son visage s'est rapproché du mien et je n'ai plus
eu qu'à me rapprocher aussi. Elle a tout fait pour
que je l'embrasse, les lèvres, les yeux, tout, je l'ai
juste cueillie comme si elle allait tomber, dans le
baiser qu'elle projetait, avant même que je ne lui
donne. Je le lui ai donné et elle me l'a rendu, je
me suis dit qu'elle avait de la ressource, ou de la
force, et que c'était ça aussi, sa force, de la trouver
en moi comme une aveugle.

Elle a d'ailleurs fermé les yeux. Elle a voulu
ensuite que je la prenne, elle l'a voulu vite, elle
m'a proposé de monter dans la chambre. Je lui ai
dit que c'était trop près de l'heure du dîner, que
je ne voulais pas que Ralph nous attende, et que
je lui avais promis de préparer le repas. Et puis
surtout j'étais préoccupé par une pensée, décidément, me disais-je, si tu t'arrêtais un peu, des fois ?
Mais non, ça me poursuivait, je pensais aux obsèques. Puisque sa mère était morte. Laura m'avait
rarement parlé de sa mère quand elle était malade,

voire mourante, et maintenant qu'elle était morte elle ne me parlait pas des obsèques. C'était une manie, je crois, chez elle, de ne pas parler des choses importantes. Parce qu'elle était obligée d'y penser, aux obsèques. Je savais bien qu'elle avait dit oui, au téléphone, plusieurs fois, et une fois ou deux non, et j'ai pensé que forcément l'un de ces *non* concernait les obsèques. Qu'elle ne s'y rendrait pas. Qu'elle ne voulait pas. A cause du chagrin. Ou de moi. Ou des deux. Parce qu'elle voulait rester ici, ne plus repartir. Parce que c'était ici, maintenant, et que sa mère. Même si elle l'avait aimée. Ça n'avait rien à voir. Enfin, je n'en savais rien. Et, de même que je n'avais pas osé lui parler de sa mère malade, de même je n'osais pas aborder le sujet de sa mère morte. C'était peut-être une manie à moi, cette gêne. Je ne voulais pas m'en occuper à sa place, non plus. Et risquer de lui faire honte. Mais je crois qu'elle n'aurait pas eu honte. Le problème n'était pas là. C'était moi. C'était mon problème. Incroyable, d'ailleurs, me disais-je, que le problème des obsèques de sa mère soit devenu le mien en si peu de temps. Et seulement le mien. Si vite, oui. En apparence, d'accord. Mais quand même. J'aurais vraiment eu besoin d'en parler. Or c'était encore quelque chose que j'allais remettre, ça. Je le sentais. Je n'étais pas près d'oser. Il n'y a que pour la chambre, que je suis resté ferme. J'ai dit non, Laura. Pas maintenant. C'est simple. Je ne pourrais pas.

Ça nous a rapprochés, cette mort. Et, pour la première fois, je me suis dit que c'était impossible. Avant, on était devenus déjà si proches que ça me paraissait parfois trop. Parfois, seulement. Et donc qu'en plus de ce désir, déjà, de ce besoin comme d'une soif, elle et moi, maintenant. Non. Je me suis dit qu'à force on allait disparaître, que même moi la pensée allait me quitter.

On se tenait même la main à table. Sous la table. Ralph affectait de ne pas le voir. Laura, je la chérissais, je la tenais si fort que je commençais à avoir peur pour elle. Pour moi, je ne trouvais plus la place. Je faisais très attention dans les rues, quand on traversait. Je lui barrais la poitrine. Sur la plage, je ne l'attendais plus. Je venais au bord, la guettais. Revenais tout de même à ma serviette, quand j'avais repéré qu'elle nageait dans le bon sens, vers la terre. Puis je me calmais. Je me demandais comment j'arrivais à me calmer, mais j'y arrivais. Et c'était ce mélange, de tension et de calme, qui faisait notre vie maintenant.

Pour elle aussi. Elle craignait de me perdre. On se retrouvait à mi-chemin de nos gestes, là où nos peurs fondaient. Le cœur, le corps, tout se mêlait, s'additionnait, c'était au point qu'on éprouvait le besoin d'alterner. Par hygiène. Faire l'amour, puis un mot tendre. Successivement. Une brève caresse, puis une phrase longue. Ou l'inverse. On recherchait le contraste, l'étalement dans le temps. Mettre les choses à plat, en ligne. Comme des richesses qu'on trie. Ce qui prend forcément plus de place, mais qui soulage. On a l'impression de surnager.

C'étaient aussi des moments de pause. On avait besoin de repos. On aimait bien se reposer ensemble. Sa tête sur mon épaule, sur le sable. C'est d'ailleurs ce qu'il y a de bien avec la plage, ça ne saoule pas seulement. A la longue, ça détend. Bien plus que le tourisme. Le tourisme, les choses à voir, on avait essayé plusieurs fois, Laura et moi, mais ça nous fatiguait beaucoup, ça nous donnait envie de rentrer. En ce sens, c'était bien. Mais Laura ne courait pas après. Par exemple, à l'ostréi-culture, elle préférait les huîtres. On a eu vite fait le tour des parcs. La forêt, elle l'appréciait en voiture. De toute façon, on préférait passer, elle et moi. On se sentait mieux ensemble, entre deux points distants. Pas trop distants. On voulait se retrouver. En revanche, au bord de l'eau, Laura ne recherchait pas que le bronzage, elle aimait aussi regarder la mer. La lumière sur l'eau, l'éblouissement, c'était quelque chose dont on parlait ensemble. Elle aimait l'intérieur des terres, aussi, l'architecture, mais surtout l'intérieur, l'intérieur des architectures. Je pense aux églises. Elle appréciait la fraîcheur. C'est aussi ce que je préfère, dans les églises. Evidemment, il y avait les vitraux, je lui montrais de temps en temps un petit vitrail, oui, elle aimait bien, je crois, elle se serrait contre moi, en tout cas, ça nous rapprochait, les vitraux. Je me suis même mis à penser qu'en définitive on avait les mêmes goûts, qu'on se rapprochait par là aussi, et que, de ce point de vue, on avait de la marge. Que de toute façon notre amour était extensible. Ça, l'extensibilité de l'amour, je n'y avais jamais pensé, mais oui, pourquoi non, me disais-je. Sauf qu'on n'imagine pas, bien sûr. On est totalement incapable d'imaginer plus grand.

J'aimerais dire un mot de Ralph, aussi, mais pas tout de suite, je voudrais d'abord revenir à la plage. Parce qu'on y revenait. C'était notre extérieur, la plage. La plage l'été, avec les gens. Au début, je les regardais d'un peu loin, ou d'un peu près, j'accommodais à ma convenance, j'avais besoin d'un filtre. Je les trouvais gras, ridicules, dépassionnés, au mieux quelquefois une femme se silhouettait joliment, entre la mer et moi, dans le constant contrejour qu'impose ici le ciel. Mais plus maintenant. Au troisième jour, donc. Je ne m'intéressais à personne en particulier mais je ne négligeais personne. Je trouvais que les gens avaient le doit de vivre. J'aurais secouru quelqu'un si nécessaire.

J'en avais même besoin, des gens. En tant que témoins, tels qu'ils étaient, alanguis, avec leurs gros romans sur le nez et leurs coups de soleil regrettables, ils faisaient parfaitement l'affaire. J'en soupçonnais même quelques-uns d'être heureux. Pas autant que nous, mais je les sentais proches. Capables. Laura et moi, sur la plage, et bien que l'image ne soit pas bonne, puisque personne ne bougeait beaucoup dans un sens significatif, par ici, on était en tête du peloton. C'est important, le peloton.

Ralph, donc, maintenant. Le soir, surtout. C'était devenu une vie, avec lui. Je crois qu'on avait besoin de lui, le soir. La preuve que tout se passait bien, c'est qu'on parlait moins. Comme Laura et moi, à une époque. On se laissait aller sur nos sièges. On se resservait un verre. Ralph mettait les actualités, on les regardait. Laura aimait ça. Parfois les obsèques me revenaient, je me demandais où ça en était, pour elle. Mais non, rien. Sauf son amour. Son extension. Je faisais un petit lien, avec sa mère. Ça n'expliquait pas tout, bien sûr. La mort n'explique pas tout. L'amour non plus.

Je n'arrivais toujours pas à appeler le bureau ni la Smerep. Mais j'avais rappelé Claire. Toujours personne, pas de répondeur. Je me suis dit que j'étais en train de m'isoler, peut-être. Et en même temps la présence de Ralph me prouvait que non. On vivait en petit cercle. Avec Ralph, donc, avec son malheur mal visible, occulté par l'élevage et la peinture, mais qui se voyait quand même, et qu'on appréciait, je pense, parce que l'amour ne suffit pas. Il grandit avec le monde. Contre le monde, donc avec lui. Ralph, c'était l'idéal, pour ça, avec ses blessures en dessous. On l'aurait soigné, mais non, il faisait face. Nous faisait face. C'était quelqu'un d'exceptionnellement accueillant, aussi.

Sauf qu'un jour, c'était le quatrième, ça filait, j'ai dit à Laura qu'est-ce que c'est que ça. On était en chemin vers la plage. Je lui avais pris la main, la passion, la routine, pour nous, et j'avais senti quelque chose de dur. C'était une bague. Laura ne portait jamais de bague. Là, c'était une alliance. Une alliance à l'annulaire. Je lui ai demandé tout à la fois, d'où ça venait, depuis quand, comment puisqu'on ne se quittait plus. Il n'y a que le pourquoi, que je ne lui ai pas demandé. Je savais bien, pourquoi. Il suffisait de croiser son regard. Et je l'ai croisé, en lui prenant le doigt. Et je l'ai trouvé symbolique, son regard, comme l'alliance. Tout ça était très clair. Laura portait cette alliance pour moi, pour nous. J'ai trouvé ça discret. Le geste. Le mariage comme ça, dans sa tête. Ça m'a bouleversé. Ça n'empêchait pas les questions. Elle m'a dit je l'ai trouvée. Hier soir. Pendant que vous discutiez.

C'est vrai qu'on avait parlé, avec Ralph, la veille, c'était la première fois que Laura montait se coucher sans moi. Mais Ralph voulait me parler, je l'avais senti. J'étais resté. On n'avait pas dit grand-chose, c'était surtout de silence qu'il avait besoin, Ralph, avec moi, ce soir-là. Avec la possibilité de parler, donc. Je la lui avais laissée. On avait rebu un verre. Evoqué difficilement le passé, qui nous manquait ensemble. Parlé un peu de Claire, dont on se souciait, lui et moi. De Laura, aussi. Elle est bien, ton amie, m'avait-il dit. C'était la première fois qu'il s'exprimait sur elle, je crois que ç'a été la dernière.

Pendant que vous discutiez, je n'ai pas voulu me coucher, j'ai préféré t'attendre, a poursuivi Laura. Je suis entré dans sa chambre. Tu sais bien que je suis curieuse. Je sais, ai-je dit. J'avais envie de l'embrasser. Alors j'ai un peu fouillé, a-t-elle dit. J'ai trouvé ça sur le haut d'une étagère. Tout seul. Poussiéreuse, l'étagère. Fais-voir, ai-je dit.

Parce que l'alliance de Laura me rappelait quelque chose. Je voudrais que tu la retires, ai-je dit, juste un instant, c'est pour la voir. Elle l'a fait glisser. Elle était un peu grande. Je me livrais déjà à des associations folles, j'ai voulu freiner ça. J'ai regardé à l'intérieur de l'alliance. Mon prénom y était gravé.

C'était un de ces souvenirs nets, sans appel, comme si l'oubli ne le précédait pas. J'avais acheté la même alliance, avec Constance. Ainsi qu'une autre, pour moi, avec son nom à elle gravé à l'intérieur. Le principe du mariage par le symbole, sans passer par l'institution, je connaissais, donc.

J'avais pratiqué. Eh oui, rien n'est jamais complètement neuf, c'est comme les mots, les choses reviennent, elles sont neuves quand même. C'est quand même toujours neuf, l'amour. Je me doutais bien que Laura n'avait pas fait graver mon prénom au creux de cette alliance qui ressemblait tellement à celle où nous l'avions fait graver aussi, mon prénom, Constance et moi. Elle n'avait pas eu le temps de le faire, on ne se quittait pas. C'était par conséquent mon alliance. C'est-à-dire l'alliance de Constance, puisque c'était mon prénom à moi. Le sien, on l'avait fait graver sur la mienne. Je l'avais gardée, la mienne, oui. Et donc ce que je me demandais, c'est ce qu'elle pouvait bien fiche chez Ralph, l'alliance de Constance, avec mon prénom à l'intérieur. Puisqu'on n'était jamais venus chez Ralph, ici, à Ronce.

J'ai dit à Laura excuse-moi, ça me touche beaucoup, mais il y a un petit problème avec cette alliance. Il faudrait que j'en parle à Ralph. Je ne lui dirai pas que tu l'as prise. Je dirai que c'est moi.

Je la lui ai rendue. A Laura, je veux dire. Mais j'avais peur qu'elle ne voie mon nom, maintenant, puisque j'avais regardé à l'intérieur devant elle. A moins qu'elle ne l'ait déjà vu, et là, ça impliquait trop de choses. Qu'elle m'aimait au point de réutiliser pour me le prouver l'alliance d'une femme que j'avais aimée avant elle, par exemple. Je dis par exemple, mais ça suffisait, bien sûr. Ça suffisait pour que ce soit trop.

Elle l'a donc remise, après hésitation, et ensuite je me suis senti mal tout le temps. Ce qui m'aidait, c'était de me dire que Laura me comblait en portant cette alliance qui par ailleurs remettait en cause mon amitié avec Ralph et mon équilibre mental. Et, autant je me rapprochais de Laura, puisqu'elle prouvait que c'était possible, que je m'en rapproche encore, par son geste, autant je m'éloignais de Ralph et de moi-même. Je n'y voyais pas clair du tout, et je n'aime pas ça, sauf en amour. En amour, je veux bien, que ce ne soit pas très clair. C'est même mieux. Mais en amitié. Il fallait absolument que je comprenne pourquoi Ralph se trouvait le dépositaire de cette alliance.

Ce qui fait qu'on n'est même pas allés jusqu'à la plage, ce matin-là, et qu'on est retournés main dans la main avec ce malaise et mon exigence de régler les choses. J'ai eu de la chance, dans mon petit malheur, je dis petit parce que tout ça tournait autour de Constance et que Constance c'était quand même fini : Ralph était bien là lorsqu'on est arrivés.

Je l'ai pris à part. Je n'allais pas lui mettre sous le nez l'annulaire de Laura pour lui montrer la bague. J'ai demandé à Laura de s'éclipser discrètement et j'ai dit à Ralph ce qu'il en était. Laura portait toujours la bague, je n'avais rien en main pour prouver ce que j'avançais, d'ailleurs je n'avançais rien du tout, j'énonçais un fait, et Ralph a dit tu fouilles dans ma chambre, maintenant ? Et j'ai senti que quelque chose changeait, entre nous, là, maintenant, mais je ne me suis pas démonté, j'ai dit ce que je voudrais c'est que tu m'expliques, parce que jusqu'à présent sauf erreur de ma part tu ne connais pas Constance et elle ne te connaît pas. Elle a commencé par t'appeler ? Un jour, elle t'a appelé, c'est ça ? Mais pourquoi elle t'aurait appelé ?

Dès le départ, déjà, Ralph n'avait pas baissé les yeux ni rien de ce genre. Il s'attendait peut-être que ce soit moi. Toujours est-il que je le connaissais un peu et que j'ai eu du mal à le reconnaître. Il a eu une réaction molle, comme si ma question n'avait pas d'importance ou qu'il niait son importance. Je l'ai moins aimé, d'un seul coup. Pas détesté. Je n'étais pas prêt à ça. Il m'a dit Jacques je ne te l'ai jamais dit parce que ça me paraissait inutile voire nuisible mais je l'ai connue avant toi, Constance.

Il a marqué une pause. C'était sa façon de me ménager. J'avais donc le temps de me remettre. J'avais aussi le temps d'une question, ou d'une réponse, et j'ai dit stupidement comment ça, ce qui n'avait pas de sens. Si Ralph avait connu Constance avant moi, peu importait comment. Ça suffisait qu'il l'ait connue avant moi pour mal comprendre. A moins de croire au hasard. Mais je n'ai jamais été marié avec le hasard, je n'ai jamais eu assez de place pour l'accueillir. J'ai toujours eu assez à faire avec mes petits choix. Enfin, avec mes choix.

J'ai vécu à Gordes, avant Florence Abitbol, m'a répondu Ralph. Tu sais que j'ai vécu à Gordes.

Oui, ai-je dit. Enfin non.

Je croyais te l'avoir dit. Constance, je l'ai rencontrée à Gordes. Elle ne t'a jamais parlé de Gordes ?

Non, ai-je dit.

D'ailleurs, a poursuivi Ralph, ç'a toujours été Constance de Gordes, pour moi. C'est elle, la fille qui m'a appelé Ralph.

Moi, elle ne m'a pas appelé Jacques, ai-je dit.

Je pouvais dire n'importe quoi, j'étais effondré. En même temps, je ne trouvais aucune raison de l'être. Ralph avait bien pu connaître Constance et se faire rebaptiser par elle, après tout. C'était juste ma logique, qui s'effondrait. C'est désagréable.

Quand tu m'as parlé d'elle, a continué Ralph, je n'ai pas fait le rapprochement, d'autant que tu ne m'avais jamais parlé de Gordes. Jusqu'au jour où elle m'a appelé. Evidemment, tu lui avais parlé de moi. Elle avait perdu ma trace, elle l'a retrouvée dans ton carnet.

Elle ne m'a jamais dit qu'elle te connaissait, ai-je constaté.

Elle ne m'a jamais dit qu'elle ne te l'avait jamais dit, a dit Ralph. On n'en a pas parlé. Même quand elle est venue ici.

Avec l'alliance, ai-je dit.

Je suppose. Elle ne la portait pas. Je vais te dire une chose : je ne savais même pas qu'elle l'avait. Et autre chose : je ne me suis jamais aperçu qu'elle l'avait laissée chez moi.

Dans ta chambre, ai-je dit.

Oui. Mais tu me l'apprends. Tu sais que moi et le rangement.

Je sais, ai-je dit. Elle ne m'a quand même pas quitté pour te revoir, ai-je ajouté. Elle ne m'a jamais parlé du type qui, pour qui, à cause de qui, ni même si elle avait quelqu'un. J'aurais donné dix ans de ma vie pour le savoir, à l'époque. Et aujourd'hui j'apprends que c'est toi, c'est ça ?

C'est moins simple, a dit Ralph. Il y avait un autre type, mais elle est venue me voir, après.

Et c'est qui, ce type ?

Je ne le connais pas.

Et vous avez, ai-je dit.

Tu ne m'as pas demandé, quand tu m'as appelé, l'autre jour, pour venir, pourquoi je t'accueillais si vite alors qu'on se connaît mal, a dit Ralph.

Je n'avais plus qu'à me taire. Je trouvais que Ralph n'avait pas l'air si malheureux que ça, finalement, derrière son aisance. L'aisance, il l'avait. Il était beaucoup plus fort que moi et je ne comprenais pas. Mais les poules, ai-je dit.

Les poules, a dit Ralph.

Constance, elle pensait quoi de tes poules ? ai-je dit.

Il n'a pas eu l'air de comprendre la question.

Je ne vois pas ce que mes poules viennent faire là-dedans, a-t-il dit.

Moi non plus, ai-je dit.

En tout cas, elle est repartie pour toi, a-t-il dit.

C'est gentil, de me dire ça, ai-je dit.

J'aurais aimé en savoir un peu plus, pour mieux situer les choses, mais finalement non, ça ne m'intéressait plus. Et puis Ralph n'était plus le même, pour moi, je ne pouvais plus lui poser de questions qui me concernaient, d'autant que tout ce qui me concernait, avec Constance, passait maintenant par lui. Je l'ai senti hors jeu. Comme moi, du reste, et j'ai eu envie de partir. Je ne l'ai pas fait. Je voulais un peu de temps pour me retourner. Et puis je n'étais pas si mal, ici, dans ce petit cercle. Je m'y trouvais enfermé, dans ce cercle, c'est tout. Avec le passé qui me faisait face et la nécessité de le recomposer, mais bon. Un passé en vaut un autre. C'est sur le futur que j'avais une opinion différente.

J'ai dit qu'on avait commencé à vivre, ici, avec
Laura. Après cette histoire, on a commencé à
s'installer. On ne l'avait fait que timidement,
jusqu'à présent. Là, j'ai décidé de prendre mes
aises. J'ai encouragé Laura dans ce sens. J'ai proposé qu'on reste, parfois, dans la maison. Avec ou
sans Ralph. Avec, aussi bien. Qu'il s'habitue. Qu'il
sache. Qu'on y est. Qu'on ne part pas.

Et puis j'ai dit à Laura tu vas la porter, cette
alliance, maintenant que tu la lui as prise, tant pis
pour lui. Elle pouvait difficilement comprendre
mon animosité envers Ralph, je ne lui avais rien
dit. Mais je ne suis pas sûr qu'elle y prenait garde.

Je mentais, pourtant. Je prenais un risque
énorme. Mais il n'était pas question que je le lui
avoue, à Laura, que cette alliance ne la concernait
pas. Parce que ça la concernait, maintenant.
C'était la sienne. Je voulais que ce soit la sienne.
Je ne pouvais pas lui dire que c'était celle de

Constance. Je ne voulais pas. Or elle le savait peut-être. Elle l'avait peut-être lu, à l'intérieur. Et le risque, c'était ça, qu'elle l'ait lu, qu'elle ait compris, qu'elle ne dise rien, et qu'elle garde pour elle ce secret comme une plaie, avec mon mensonge comme pansement, et que ça s'infecte. A moins que.

A moins qu'elle ne l'ait su, qu'elle n'ait compris, et qu'elle n'ait compris mon mensonge. Et qu'elle ne l'ait accepté. Alors, tout aurait été bien. Sauf que.

Sauf que je n'en portais pas, moi, d'alliance.

Alors j'en ai acheté une. Mais.

Mais je ne l'y ai pas fait graver, le nom de Laura.

Parce que peut-être qu'elle ne savait pas, pour le mien.

Ou alors elle savait mais son nom je ne l'ai pas fait graver quand même.

C'est la première croix que j'ai portée, avec elle. Cette différence.

Mais je me suis dit qu'elle m'aimait et que, puisqu'elle m'aimait, ça n'avait pas d'importance. Rien n'en avait. Même mon mensonge. D'autant que l'un, en amour, aime toujours plus que l'autre. Et que c'était elle.

Ou moi. Qu'importe.

Dans tous les cas j'étais tranquille.

On a donc porté des alliances qui n'étaient pas les mêmes, Laura et moi. On est retournés à la plage, parce qu'elle aimait toujours la plage. On restait quelquefois avec Ralph, à discuter, ou à le regarder peindre ou nourrir ses poules, et j'essayais de faire en sorte que ça se calme, avec lui, et ça se calmait. Je parle pour moi, je parle de mon calme à moi, naturellement. Ralph, lui, avait seulement changé à mes yeux. Je n'ai pas dit qu'il était énervé. C'était moi. Mais pas tant que ça, donc. Parce que je le reconquérais, maintenant. Je voulais m'en faire un ami. Mieux, un logeur. Un logeur qui ne discute pas parce qu'un logeur ne discute pas quand il abrite l'amour. Il s'incline. Il sert même à table. Comme avant.

On a été de nouveau bien chez Ralph. Il nous a même parlé de ses malheurs. On a eu droit à Florence Abitbol, et comment elle était restée, comment elle l'avait aimé, comment elle était partie, comment il en avait crevé, dans les derniers temps de sa vie. Laura l'écoutait poliment, comme si ç'avait été un extraterrestre, et qu'elle ait fait preuve d'ouverture. Comme si ç'avait été trop loin d'elle, une fin d'amour. Elle avait eu beau se séparer, elle aussi, quelques semaines plus tôt, ça ne lui disait rien. Je n'essayais pas de le lui expliquer.

Et comme on était bien, que la vie tournait, entre nous trois, puisque je ne pensais pas du tout à Constance depuis cette histoire de bague, elle m'avait même fait avancer, si nécessaire, cette bague, on a commencé à prendre nos distances, Laura et moi. On est ressortis, de plus en plus. La plage n'était plus notre extérieur, c'était devenu chez nous, on s'y couchait comme dans une chambre avec les gens autour comme des murs et la mer en face comme une baie. C'était juste un peu chaud. On était déjà au septième jour et je n'étais pas idiot, je me souvenais que Ralph m'avait accueilli pour une semaine. Enfin, c'était moi qui avais parlé d'une semaine. Or.

Or ça n'avait plus de sens, une semaine, pour moi.

Je n'en ai pas parlé à Ralph. De même que je ne parlais pas à Laura de sa mère, depuis sa mort, de même je ne parlais pas à Ralph de cette semaine, depuis que cette semaine n'avait plus de sens. Je ne veux pas dire que la mort de sa mère, à Laura, n'avait pas de sens. Je veux dire que la vie avançait, que certaines questions restaient en l'air, sans réponse, tandis que la vie non, elle ne se les posait pas prioritairement, ces questions. Et, par rapport à la semaine, au délai de départ, je me demandais seulement ce que j'allais devenir, puisque je ne faisais rien. J'avais rayé le bureau, dans ma tête. Alors même que.

Alors même que j'avais plus ou moins décidé de m'installer, avec Laura. Et pas chez Ralph. On y était bien, mais ça ne pouvait pas durer, on était en train d'atteindre une manière de perfection, avec lui, peut-être même grâce à cette histoire de bague, qui nous liait, en fait. On aurait pu aussi bien vivre à trois six semaines de plus. Mais peut-être pas sept, me disais-je.

Je commençais à m'arrêter devant les annonces des agences immobilières, avec Laura. Habiter ici, pas très loin de la mer et de Ralph, en somme. L'idée me plaisait. L'argent aurait dû me soucier. Le bureau, donc. Au moins ne pas me retrouver chômeur. Le minimum. Mais je n'y arrivais toujours pas. C'était désespérant parce que je ne m'étais jamais senti aussi bien et en même temps c'était comme si je coulais. Que je me laissais faire. Que je fermais les yeux. Peut-être que je voulais rejoindre Laura, dans son impécuniosité. Vivre de rien. Quand l'idée s'installait, et elle s'installait, parfois, je me voyais pauvre, avec elle, et on cou-

lait, tous les deux, oui, et pourtant ça restait bien,
il m'arrivait de repenser à Ralph. De me dire qu'au
fond. Il pourrait nous héberger un certain temps.
Je me sentais prêt à ça. Paresseux. Sans compter
que le travail me faisait horreur, maintenant.
Paris. Même l'intérieur des terres. Bouger, non.
Je voulais rester près de l'eau. Au bord du monde.
  On a continué. A force d'être bien ensemble,
on ne parlait plus de rien, comme avant, parfois,
avec Laura, juste de toutes petites choses et
d'amour, aussi, mais sans glose, pour accompagner ou relayer les gestes, les étreintes. Je m'étais
acheté des livres, finalement. Ça m'occupait plutôt mieux quand je l'attendais, sur ma serviette.
On arrivait au dixième jour, et j'avais fait un peu
le tour des gens. C'étaient les mêmes, je les
connaissais, on ne se regardait pas, parce que ça
ne m'avait pas rendu liant, sauf avec Ralph,
l'amour. Même avec Claire, soit dit en passant,
j'avais l'impression que ça se dégradait. Je ne
pensais plus à l'appeler. De toute façon je l'avais
fait une fois, et toujours personne et pas de
répondeur. Je m'étais dit qu'elle vivait peut-être
quelque chose de comparable à ce que je vivais,
bien que ça me parût impossible, mais autrement,
je ne voyais pas, non, à moins qu'elle ne fût

morte. C'était cette pensée qui me réveillait. Alors je rappelais, elle n'était pas là. J'étais repris par la vie.

Je lisais, donc. Je commençais même à lire beaucoup, surtout de l'astronomie et des biographies de ministres de l'Ancien Régime, en poche, c'était moins lourd dans le sac. Quand Laura revenait de l'eau, je continuais à lire. Elle prenait un magazine, d'une seule main, l'autre venait dans la mienne. Parfois même on se lâchait, on s'oubliait cinq minutes. Et là, c'était comme découvrir un continent, ensemble, celui de l'absence, d'où on revenait comme d'un voyage qui ne fait pas peur, où il n'y a plus de place pour la peur. On n'avait plus peur de rien, on aurait presque pu se quitter vraiment et ne pas avoir peur de se perdre. On n'avait même pas besoin d'essayer, ce n'était pas la peine. On savait.

On savait et c'est ce savoir, je crois, le onzième jour, qui m'a fait faire un écart. Un petit écart. Pas grand-chose, vraiment. Laura était partie se baigner et une femme s'était installée près de nous. Elle s'était intéressée à moi, un quart de seconde. Peut-être parce que je m'étais intéressé à elle, dans le quart de seconde qui précédait. C'était la première fois que je voyais une femme,

203

depuis tout ce temps. Au sens de voir, de distinguer, je parle des yeux. Je ne parle pas de corps. Les corps, je les voyais, c'était de l'esthétique générale, je n'avais pas perdu le repère de la beauté. Mais les yeux, non, jamais, avec cette espèce de sens qu'ils portent. Je n'avais pas besoin de sens supplémentaire, dans ma vie.

Tandis que là. Peut-être parce que j'étais si loin de moi-même, à ce niveau de quiétude où on se confond avec les choses, et alors on n'a plus de résistance. On a désappris à choisir. Et le sens d'un regard, dans les deux sens de sens, vous cueille. Désarmé. Sur le coup, on réagit, on ne cherche pas à comprendre. Puis on comprend, on recherche l'échange, par instinct. Comme pour se nourrir, machinalement. Une petite faim, en somme, et qui passe.

Mais le regard est toujours là, on l'a vu, on ne sait qu'en faire, faute de mieux on le croise, et ça devient quelque chose. Et c'est quand c'est devenu quelque chose que j'ai détourné le mien. Je pensais à Laura. Je me suis dit que j'avais tout et que je perdais mon temps, à me distraire. Surtout en son absence. C'était trop facile, trop bête, d'autant que tout à l'heure je retrouverais son regard à elle, avec moi à l'intérieur, et qu'à nouveau elle serait dans le mien, qu'elle absorberait mon champ visuel, que c'en serait fini de cette fille à côté. Que ç'aurait commencé pour rien, avec elle. Vanité. D'où mon aisance, ensuite. Quand j'ai su que ce n'était rien, j'ai arrêté de me battre. J'ai recroisé son regard. Juste une fois. Pour clore l'affaire. Et j'ai attendu que Laura revienne.

Elle ne revenait pas. Pas vite. La fille à côté me regardait. Je lui jetais encore de petits coups d'œil, finalement, je n'ai pas dit que j'étais parfait, heureux, seulement, mais je ne cherchais pas la rencontre. Je la regardais mal. Je suis incapable aujourd'hui de dire si elle était maigre, grosse, même sa bouche je ne m'en souviens pas. C'était ce regard, uniquement. Que j'avais congédié, maintenant, pour de bon, et qui devait vivre, de son côté. Ça m'était égal, je m'en souvenais assez pour m'en souvenir encore, si je voulais, mais pas assez pour le garder en mémoire contre mon gré. C'était comme une ombre, à côté de moi, qui glissait en même temps que le jour tombe. Sauf qu'on était l'après-midi, cinq heures, et que le jour ne tombait pas. Et que Laura ne revenait pas.

La fille s'est lassée, elle a pris ses affaires, ça ne marchait pas pour elle, notre petite histoire, je l'ai comprise et je m'en suis voulu un peu par rapport à elle, du point de vue de la morale, mais pas longtemps. Ça faisait longtemps, en revanche, que Laura se baignait. Nettement plus que d'habitude. Je me suis inquiété. Je me suis même bien inquiété. Je me suis levé à mon tour et je suis descendu vers l'eau.

J'ai regardé les baigneurs, les joueurs, les éclabousseurs, qui faisaient pas mal d'écume dans les premiers mètres, en plus des vagues qui se brisaient. Puis les nageurs, peu nombreux, qu'on voit toujours mal dans la lumière. Des têtes, surtout, identiques sous le cheveu plaqué, taches noires qui s'équivalaient au loin, peu nombreuses, différemment distantes l'une de l'autre, et qu'unifiait seul le souci de l'isolement. J'ai attendu que quelques-unes d'entre elles se précisent, en se rapprochant du bord, mais tous les nageurs ne rentraient pas, et certains quand je venais d'arriver s'élançaient vers le large. Il en restait, cinq, six, peut-être sept, qui continuaient de prendre du champ et je ne me voyais pas les attendre. De toute façon, Laura, elle, ne s'était sans doute pas élancée quand j'étais arrivé. Je l'aurais vue. Elle aurait dû rentrer, à l'évidence, faire partie des rentrants. J'ai eu franchement peur, cette fois.

J'ai pensé au pire. Mais, si ç'avait été le pire, ç'aurait été également trop tard. Et je ne pouvais pas penser que c'était trop tard. Si ç'avait été trop tard pour quelqu'un, dans nos vies, ç'aurait été pour moi, je pense.

J'ai donc chassé cette pensée et j'ai pris la plage sur la gauche, le long des vagues, en regardant vers l'eau, toujours. Je ne l'avais pas prise sur la droite. Je l'aurais fait plus tard, de toute façon. Il fallait bien que je commence par un côté.

J'ai couvert cinquante mètres avant de regarder aussi vers la plage. Laura, ayant dérivé sur la gauche, pouvait rentrer face à elle, puis obliquer vers nos places. J'ai regardé les gens, au passage, sans trop les détailler parce que je n'imaginais pas que Laura se fût arrêtée sur le sable, à ce niveau, et je les ai trouvés bizarres. Avachis. Fatigués, avec leurs livres tombés sur le visage. Et en même temps résolus. Je les ai trouvés résolus à ne rien faire. Un peu comme moi, si on veut, ces derniers temps, sauf que chez eux ça ne collait pas. Je ne voyais pas où était l'amour, là-dedans, la douce et pénétrante fatigue de l'amour. Seuls les enfants, qui jouaient çà et là, s'en sortaient avec l'air de vivre.

Mais enfin j'ai continué, je ne considérais pas l'humanité comme un obstacle à l'espoir. C'était seulement que j'aurais aimé une autre ambiance. Peut-être aussi que mon angoisse montait. D'ailleurs je l'ai vue. J'ai vu Laura. Elle n'était pas seule.

Elle était allongée, à même le sable. Me tournait le dos, accoudée. La personne qui, dans une position symétrique, lui faisait face était un homme. Un jeune homme. Je ne l'ai pas trouvé antipathique. Pas laid non plus. Pas totalement stupide, et ses muscles ne saillaient pas exagérément. Je n'avais rien de particulier à lui reprocher. Dans d'autres circonstances, il n'était même pas exclu que nous eussions liés conversation. Je ne sais pas. Ils parlaient, tous les deux.

Je n'ai pas pensé une seconde que ça pouvait être l'autre, celui avec qui elle vivait. Non. Ça m'a paru clair que c'était un autre que l'autre. Un nouvel autre, neuf, redoutable. Mais je n'ai même pas pensé que j'avais à le redouter. Je me suis senti vaincu. Parce que ça s'arrêtait. Ça s'arrêtait là, au bord de la mer.

Je ne suis pas allé jusqu'à eux. J'ai fait demi-tour pour revenir vers nos places. J'ai de nouveau regardé les gens, je cherchais à comprendre. Et je n'ai pas eu à chercher longtemps. C'est à cause du sable.

Depuis le premier jour, le sable me disait quelque chose. Mais trop vaguement pour que je m'y fusse arrêté.

Il était plutôt fin, donc, le sable, délié, ne s'agglomérait pas, c'était de la pierre, en fait, de la pierre pilée, rien à voir ou presque avec la poussière, c'est ce que je veux dire. Mais plus maintenant. C'est que ça vole, quand même, le sable. Et il volait, là, sous les pieds des enfants, et partout ça retombait, et pour la première fois j'ai vu la plage comme une grande plage de poussière. Je dis grande parce que je n'avais jamais vu autant de poussière, même chez moi, après le départ de Constance. Et j'ai forcément pensé à Laura, mais ce n'est pas ça, je n'ai pas eu à y penser, bien sûr, j'y pensais, je ne faisais que ça, mais j'y pensais avec recul, enfin j'essayais, parce que le moins qu'on puisse dire c'est que j'avais besoin de distance, sauf que je n'arrivais pas à en prendre, de la distance, je souffrais, c'est également le moins qu'on puisse dire, et le seul résultat de mes efforts c'était ça : penser que je m'étais trompé, que Laura en fin de compte n'avait jamais convenu, depuis le début, ni pour le ménage, ni comme femme, donc, comme femme susceptible d'apporter un peu d'ordre, dans ma vie, et alors j'en trouvais la vérification maintenant, sur le sable, ce sable que je n'avais jamais aimé, au fond, pas plus que la poussière, où Laura me laissait, jusqu'à la mordre. Et j'ai vu que les gens s'y couchaient, dans ce sable, qui n'était plus que poussière, maintenant, et je me suis dit je suis comme eux, à cette différence près qu'ils sont beaucoup plus forts, eux. Parce qu'ils s'entraînent, en fait. A y retourner, donc. A la poussière, oui. Je pensais ça aussi parce que je me sentais mort, bien sûr, mais tout de même. Et je le pensais encore parce que je n'étais pas prêt, moi. Je me sentais mort depuis deux minutes, seulement. Mort, mais surpris.

Je n'avais même pas de larmes. Seulement du mal à respirer. J'étais là, biologiquement. J'avais un grand besoin d'air, donc, mais objectif, ce besoin, je ne l'investissais pas, non, je n'avais pas envie d'air. J'étouffais logiquement sans elle face au ciel, à l'eau, le sable on aurait pu aussi bien dire que je l'avais dans la bouche. Ce que j'aurais voulu, c'est étouffer mieux que ça. Maintenant.

Tandis qu'eux, pour en revenir au monde. Parce que j'y revenais. Je me sentais mort et je revenais au monde, ça ne me faisait même pas rire. Le monde, les gens, je n'arrivais pas à ne pas les voir. A la fois exactement comme moi et non. Parce qu'ils étaient en retard sur moi. En retard mais prévenus, donc. Ils s'entraînaient. Tranquillement. D'où cette fatigue, bien sûr. Cette attente. Même ces brûlures, sur les corps, les visages. Et ce sable, creusé sous eux. Une répétition, me disais-je. Une répétition banale, que l'appréhension ne marque pas. Un grand cours de gym, sur la plage. De relaxation, en l'occurrence. Je ne voyais même plus Laura, maintenant, avec ce type, parce qu'ils étaient ailleurs, dans la vie, je ne voyais plus qu'eux, les gens, fédérés. Et alors ils se levaient, se mettaient à l'eau pour en revenir, ne se noyaient pas, pas du tout, ils restaient en vie, donc, ils avaient le temps. Puis se recouchaient dans le sable, attendaient. Se préparaient. Une assemblée de sages, qui cherche à savoir ce que c'est, la mort, et qui s'en approche, et qui l'attend. C'est ça, me suis-je dit, les vacances.

Mais pas moi. Je n'étais pas préparé. Je manquais d'entraînement. Or c'était clair. Ça me tombait dessus. La fin de tout.

J'ai ramassé mes affaires. J'ai hésité, puis j'ai rassemblé celles de Laura, je ne voulais pas les laisser sans surveillance. J'ai pris le chemin de chez Ralph, non que je m'y sentisse encore chez moi, mais je voulais rentrer quelque part. Je ne me serais pas écroulé sur le sable. Les autres, ça les regardait, mais moi non. C'est peut-être mon côté snob. Mon refus de me mêler, finalement. Ne pas me coucher avec eux pour attendre. Mes pieds s'enfonçaient, donc, là-dedans, qui rencontraient du dur, à force, mais ça me freinait, je le sentais en m'y arrachant en direction de la terre.

Puis un chien m'est venu dans les jambes. Il y avait quelques chiens, sur la plage. Mais aucun qui précédât Claire. J'ai bien dit Claire. Elle suivait le chien. Je ne l'ai pas reconnue tout de suite. Je ne l'avais jamais vue en maillot de bain. Et puis c'est toujours pareil, les gens, les amis, on les connaît, on les reconnaît quand même. Je l'ai reconnue. Je n'avais jamais passé de vacances avec elle, sur une plage. Ni ailleurs. Et puis je n'étais pas en vacances, j'étais en vie. Avant. Juste avant. Et elle, maintenant, qui surgissait là comme un souvenir. Un rappel. Je ne connaissais même pas sa peau. Ça m'a fait drôle, si j'avais pu lui dire quelque chose je lui aurais parlé de son maillot.

Je l'aurais félicitée pour ses seins. Elle avait de jolis seins. C'était étonnant de la découvrir comme ça, maintenant. Je n'ai rien dit. J'ai failli dire ça alors, depuis le temps que je cherche à te joindre c'est la meilleure celle-là, voilà que tu débarques, je pouvais toujours essayer de t'appeler, mais je n'ai rien dit. J'ai voulu montrer mon étonnement, pour montrer quelque chose, quelque chose qui ne soit pas moi, quelque chose qui soit nous, Claire et moi, notre amitié à nous, mais je n'ai pas su. J'ai baissé les yeux.

Elle m'avait reconnu en même temps que moi, elle avait croisé mon regard, déjà, elle avait dû y voir ce que je vivais, ce que je n'arrivais pas à vivre, que je n'arrivais plus à vivre, donc, parce qu'elle n'a rien dit non plus. Je lui ai fait signe que pour ce qui me concernait il n'était pas question que je reste sur cette plage. J'ai continué à marcher vers la promenade. Elle, qui arrivait, n'avait pas d'autre possibilité que de me suivre, si elle voulait qu'on se parle. Elle voulait. Elle m'a accompagné avec son chien. On s'est arrêtés près du muret et je lui ai dit que je ne pouvais pas parler, que j'avais la bouche sèche, que je me sentais foutu, c'est bête, ai-je dit, pour une fois qu'on arrive à se voir. Qu'est-ce que tu fais là ? ai-je ajouté.

214

C'était une question comme ça, pour la vrai-semblance. Elle m'a dit qu'elle avait pensé à Ralph, qu'elle n'avait pas pensé que moi aussi. J'ai dit que je n'y avais pas pensé, à Ralph, que j'avais seulement attrapé son téléphone au vol sur mon carnet. Je ne suis pas chez lui, a-t-elle précisé, je suis à l'hôtel. On peut prendre un verre ?

J'ai dit non, désolé, plus tard peut-être, mais là ça ne va pas, Claire, ça ne va pas du tout, et j'ai eu envie qu'elle me prenne contre elle, contre sa poitrine, sa jolie poitrine, avec sa main sur ma tête, mais ça n'était pas possible, ça n'avait jamais été possible, elle et moi. J'ai ajouté c'est vraiment bête mais il faut que je rentre. Tu restes long-temps ?

Elle ne savait pas. On était beaux, tous les deux, elle à ne pas savoir, et moi. Moi rien. Rien. Plus jamais rien maintenant, me disais-je, je crèverais bien, tiens, si je pouvais, pour de bon, plutôt que de. Des larmes, j'en avais, maintenant, mais à l'intérieur, je me sentais rongé et humide, et dehors, sec. J'avais mal au ventre. Ma gorge me faisait mal, aussi. Ça ressemblait à un début d'angine. Ou de gastrite. Je ne me sens pas bien, ai-je dit. On va se revoir, de toute façon. On se fait signe, a-t-elle suggéré.

Elle m'a fait signe, en effet. Elle est restée sur la promenade, avec son chien, et je me suis retourné une fois sur elle. Elle ne me regardait plus. Elle reprenait la direction de la plage. J'ai pensé que ça allait mieux, pour elle.

J'ai continué mon chemin et je me suis dit je vais rencontrer Desrosiers, maintenant, ou Lucien, ils vont tous venir à Ronce, avec leurs valises, mais non, je n'ai vu personne.

Je suis rentré chez Ralph, avec nos affaires, à Laura et à moi. Ralph était au téléphone. Il a raccroché vite en me voyant. Il faisait une drôle de tête. Il a vu la mienne aussi, on voyait bien tous les deux qu'on n'avait pas une tête normale, mais c'est moi qui lui ai demandé le premier pourquoi il avait cette tête-là, peut-être parce que ça m'évitait de parler de la mienne. Il m'a dit c'est Constance, elle vient d'appeler.

Je cherchais une raison de sourire. Constance, je ne dis pas où elle était, dans ma mémoire, assez loin, en tout cas, c'est sûr, mais c'était quand même Constance. Je me doute bien qu'elle vient d'appeler, ai-je dit, puisque tu viens de me dire que c'était Constance. Tu t'entends, des fois ? Et puis j'ai ajouté il ne manquait plus que ça, tiens, pour que Ralph sache que j'allais mal, déjà. Je ne voyais pas de motif pour le lui cacher longtemps. J'avais tenu quelques secondes, donc.

Elle va peut-être venir mais ce n'est pas sûr, a-t-il dit. Elle passera peut-être.

Je lui ai demandé si elle savait que j'étais là, maintenant qu'ils avaient parlé au téléphone, tous les deux.

Il m'a dit tu ne voulais pas que je lui mente, si ? Tu ne veux pas la voir ?

J'ai dit non. D'ailleurs c'est pas grave.

Il y a autre chose, a dit Ralph. Claire est là, elle. A Ronce. A l'hôtel. Elle est passée.

Je l'ai vue, ai-je dit.

Et Laura ? a demandé Ralph. Tu l'as laissée ?

J'en avais un peu marre de la plage, ai-je dit.

Puis j'ai accompagné Ralph jusqu'à ses poules. Il avait une naissance. Il m'a montré. Je n'avais pas trop la tête à regarder des poussins, mais bon, me disais-je. En attendant Laura. Puis Constance. Je peux bien regarder des poussins.

Je n'attendais pas Constance, en fait. Je m'en fichais, de Constance, de son peu d'amour. C'est Laura que j'attendais, son désamour. Je hiérarchisais. Et puis j'avais besoin de savoir. Je restais sur une impression, là. Ç'avait beau finir, apparemment, nous deux, rien n'avait été dit. J'attendais des mots.

Elle est rentrée tard. Une heure après moi. Mais elle est rentrée. C'est moi qui tenais la bourse, aussi bien. Elle devait me ménager.

Enfin, elle est rentrée. Dans son maillot une pièce. Elle n'avait pas la même tête. C'était bien la peine, ses cheveux. Disons qu'on changeait tous de tête, en ce moment. J'ai cherché tout de suite à savoir si elle m'aimait encore, dans son regard, mais je n'ai rien vu de tangible. Je me suis dit bon. Il va falloir qu'on parle. Je les attendais, les mots, mais je m'en méfiais. On ne construit pas grand-chose, avec les mots. De toute façon, on n'avait pas le choix.

J'ai rencontré quelqu'un, m'a-t-elle dit.

Elle me faisait face. La transparence, entre nous, c'était devenu une habitude, à part sa mère. A part quelques zones d'ombre, c'est vrai. Mais en gros. J'ai apprécié qu'elle ne se mette pas à mentir.

J'ai dit oui, je sais. Je vous ai vus. Tu as autre chose à me dire ?

Je n'avais jamais vu Laura pleurer, mais là, en somme, si. Presque. J'ai repensé à sa mère. Mais toujours pas elle. Ce type me plaît, a-t-elle dit. Elle ne pleurait pas, donc, elle était au bord. Il

218

me plaît, a-t-elle répété. Elle était mal et elle cherchait à me faire mal, c'était net, pour que je comprenne. Elle avait peur que non. Que ça me paraisse incroyable. Mais non. J'avais mal. J'y avais cru dès le début, à cette fin. Quand je les avais vus, je veux dire. Pas avant.

Pas avant, non.

Et alors ? ai-je dit. Et nous ?

Je me renseignais. J'aurais été plus à l'aise devant un guichet.

Et puis j'aurais dû dire et moi. Elle a rectifié.

Tu me plais aussi, a-t-elle dit. Mais.

Mais tu as une préférence, ai-je dit.

C'est pénible ce besoin que j'ai d'aider les gens, parfois, ai-je songé.

C'est différent, a-t-elle dit.

C'est mieux, ai-je supposé.

Je n'ai pas dit ça.

Mais comment ça peut être mieux ? ai-je dit. Je perdais mon calme. Je commençais à avoir envie de me perdre, aussi. Que ça aille vite. Je lui ai redit en haussant la voix mais comment ça peut être mieux. Il est plus jeune ?

Non, a-t-elle dit.

C'est un ensemble, ai-je proposé. Tu le préfères dans l'ensemble. Et alors nous.

Il fallait que je me calme. J'ai eu envie de la gifler. Mais elle n'avait pas l'air heureuse.

Je vais le revoir demain, a-t-elle dit.

Elle avait l'air malheureuse.

C'est peut-être là que j'ai eu le plus mal.

Et alors ? ai-je dit.

Je l'attendais, sa question. Elle est venue.

J'ai besoin de ton accord.

Ce n'était pas exactement une question.

Je ne te le donne pas, mon accord, ai-je dit. Qu'est-ce que ça voudrait dire, que je te donne mon accord ? Tiens, ai-je ajouté. Tu l'as perdue.

Elle a glissé.

Elle était trop grande, ai-je dit. Ce n'était pas la tienne.

Elle a glissé dans l'eau, a-t-elle expliqué. Seulement il faudra quand même que j'y retourne, demain, à la plage, pour lui dire que je ne viens pas. Puis je reviendrai. Ici, je veux dire. Je ferai ce que tu veux, a-t-elle précisé.

Ce serait bien que ce soit possible, ai-je dit.

Oui.

Parce que ça ne l'est pas, ai-je dit.

Si.

Non, ai-je rectifié. Tu ne feras jamais ce que je veux si tu ne le veux pas. Tu vas donc retourner

le voir. Rester avec lui. Tu vas faire exactement
ce que tu as envie de faire.

J'ai eu peur qu'elle ne me saute au cou. Elle
s'est retenue. Ça se voyait. J'ai cherché la force de
la gifler, cette fois. Heureusement que Ralph était
à la cuisine. Je l'aurais insulté. J'ai cherché autour
de moi quelque chose à casser, mais le choix était
trop vaste. Ou alors tout casser, me suis-je dit.
Tout casser et les assommer, tous les deux. Je ne
pensais même pas à ce type, je pensais à Ralph.
Assommer ce que j'avais sous la main. Ralph
d'abord, elle ensuite. Je savais bien qu'en raison-
nant comme ça je lui laissais une chance. Mais elle
n'avait pas besoin de chance. Ni de mon argent.
Elle me dépassait, dans la vie. Elle était loin. Et
je restais là, moi. Avec elle. En moi. J'ai réfléchi,
puis j'ai crié. J'ai hurlé. Pas des mots. Arrête ! a
crié Laura. Qu'est-ce qui se passe ? a demandé
Ralph revenu de la cuisine. J'ai dit rien. En plus,
ça ne m'a même pas fait de bien.

Le silence a été long ensuite. Mais moins que
la nuit. J'ai dormi en bas, vers l'aube. Je n'avais
plus de forces. Il avait même fallu que je la
console. J'avais failli la tuer. Quand je me suis
réveillé, il n'y avait plus personne, chez nous.

J'ai déjeuné. Je préférais avoir quelque chose dans le ventre. Vu ce qui m'attendait. J'avais décidé de rester. Parce que j'aurais pu partir. En prime, ça m'aurait fait éviter Constance, au cas où elle serait venue. Mais je me sentais au bout. J'avais envie de savoir, maintenant. De savoir vraiment. Laura avait pu se tromper, avec ce type. Elle avait surtout pu ne pas se tromper. Et m'avoir aimé comme ça. En l'attendant. Parce qu'elle m'avait aimé. Aucun doute. Ça faisait tout sauf m'arranger. En même temps, c'était bien. Ça ne se regrette pas, l'amour. Je ne regrettais rien. C'est justement parce que je ne regrettais rien que je voulais y aller, sur la plage. Avec les autres. Tranquilles, les autres. Qui attendaient, seulement. Moi, c'était un peu différent, c'était ma place. Près d'eux, Laura et lui. Sans les voir, bien sûr, je ne voulais pas me faire plus de mal encore. Pas trop près d'eux, donc. Je voulais les sentir. Etre là. Voir comment ça se présentait.

J'ai pris mes affaires de plage et j'y suis allé. Pour onze heures, comme prévu, ils n'avaient pas attendu longtemps avant de se revoir. Laura m'avait donné l'heure, je l'avais crue. Elle n'avait pas de raison de me mentir sur l'heure. Quoique. Enfin. Je me suis allongé. On était nombreux, déjà. Il faisait chaud. J'ai attendu, comme tout le monde. Je me suis concentré. J'essayais de faire le vide. J'imaginais que c'était ça, leur technique. J'étais aidé, de ce côté. Le vide, je l'éprouvais. Je n'avais rien à faire. Mais je l'éprouvais comme à l'époque où Constance était partie, c'était un vide en forme de blessure. Un évidement. Un creusement. C'était complètement raté. Ça recommençait comme avant, en pire. Aucun rapport avec les autres, en fait.

J'ai quand même essayé encore. De me sentir rien, comme la veille. De renouer avec cette claire sensation que ça y est. On est au bord. Un coup de pouce, on tombe. Fini. Parce qu'on n'a plus de souplesse. On était comme du verre, déjà. On s'est cassé.

Mais non. Ça ne venait pas. Ça ne marchait pas. J'avais beau fermer les yeux. C'était toute la vie qui passait, pas son contraire. J'en ai eu assez. J'ai pensé que ça ne me concernait pas, cette façon de procéder. Que j'étais un actif, au fond. Je me suis dit puisque ça ne marche pas comme ça je vais aller les voir, carrément. Autant y aller. J'ai pris la plage sur la gauche. J'ai regardé les gens au passage, toujours égaux à eux-mêmes, avec leur méthode douce, et j'ai pensé je vais plus vite que vous, en définitive. Je vous double, là. J'y vais, moi.

Je me sentais presque fier. C'est mon côté soldat, on en a tous un, je crois. Je suis arrivé sur le terrain et je les ai vus.

Une femme était avec eux. J'ai cherché à comprendre. J'avais tout imaginé sauf ça, qu'ils ne soient pas seuls. On aurait dit une famille. Ils étaient tous les trois et cette femme j'ai cru un instant que c'était sa mère. Sa mère ressuscitée. Puis j'ai réfléchi et je me suis dit que c'était plutôt la mère du type. Du jeune type.

L'amusant, mais je ne riais pas, c'est qu'elle m'avait vu. Elle, pas Laura et lui. Ils se tenaient la main, tous les deux, je ne l'ai peut-être pas dit. C'était atroce, je me suis mis à étouffer sans le vouloir, cette fois, en cherchant l'air, et en même temps là vraiment j'ai eu envie que ça s'arrête et

j'ai fermé les yeux en poussant sur les paupières.
J'ai serré les mâchoires, aussi. J'ai cherché à
m'obturer. J'ai failli tomber, je ne tenais plus sur
mes jambes. Laura à ce moment m'a vu et tout ce
que j'ai pu faire ç'a été de m'asseoir. Comme on
s'assoit près des gens, sur le sable, quand on les
rencontre et qu'on a à se parler. Mais je n'avais
rien à lui dire. C'est elle qui a dit Jacques. Julien.
Hélène, a dit la femme.

J'ai trouvé que Laura s'intégrait vite. Mais elle
avait déjà fait ses preuves, dans ce domaine. Elle
était plus à l'aise ici qu'avec moi, maintenant.
Déjà. Ou alors elle était à l'aise partout. Et moi,
ce matin-là, j'étais l'autre, pour elle. Celui qui
vient de l'extérieur. Alors que je venais de l'intérieur, de l'intérieur d'elle. Exactement comme si
se retirer d'une femme c'était la perdre et que
j'eusse dû rester, la dernière fois. En elle. Ne pas
la lâcher. Me baigner avec elle, au moins. Or je
savais bien. Ça n'existe pas, ça. Ce qui existe, c'est
la distraction. On tourne la tête, un instant, et
devant soi c'est le vide.

Hélène, donc.

A dit cette femme.

La mère du type.

Julien.

C'est ce qu'on pouvait supposer.

Alors je l'ai supposé, j'ai fait comme tout le monde.

J'ai regardé Laura et j'ai décidément pensé qu'elle s'adaptait vite.

Elle avait lâché la main du type, quand même.

Je vais dire comment ils étaient, tous les trois.

Hélène en haut. Assise. Un livre à côté d'elle.

Eux plus bas. En appui sur leurs coudes, face à l'eau.

Julien à la verticale d'Hélène.

Laura au sommet de l'angle aigu du triangle rectangle qu'ils composaient tous les trois.

Mon arrivée s'était effectuée en gros à la perpendiculaire de cette figure.

Dans le prolongement de la base du triangle.

Hélène, la mère, était seule là-haut.

Et je m'étais écroulé sur le sable, en position assise, c'est vrai, face aux deux autres.

En marge de la figure.

J'ai échangé un regard très bref avec Julien et j'ai eu de la chance, il n'a rien dit. N'a pas soutenu mon regard. N'a pas souri. Ce qui me laissait le champ libre pour exploser ou m'enfourner du sable dans la bouche. Avaler pas mal de sable et

226

me retrouver aux urgences. Ou l'étrangler, lui. Ou dire bonjour.

J'ai dit bonjour.

Je me suis dit à moi que c'était comme à la guerre, maintenant, tu y vas, c'est moins dangereux que de courir dans l'autre sens.

De toute façon je n'avais pas la force.

J'ai attendu que quelque chose se passe qui soit pire.

Et j'ai pensé que le pire devait venir de moi, que j'étais le seul à pouvoir faire maintenant que ça s'aggrave. Sous quelle forme convulsive, je n'en savais rien. Je n'imaginais rien. Finalement après avoir dit bonjour je me suis allongé là où j'étais, c'était plus simple. Et j'ai fermé les yeux. Si échange il devait y avoir, j'ai décidé que ce serait leur problème.

Je n'ai pas eu à attendre longtemps. Dans la nuit que j'avais faite, un peu contrariée par le soleil, j'ai entendu Laura qui disait eh bien on va se baigner, tu viens ?

J'ai compris que son *eh bien* s'adressait à tout le monde et le reste à l'autre, sur un ton que je ne lui connaissais pas. Je croyais connaître tous les tons de Laura. Surtout dans le registre de la douceur, de la proximité. Non.

Je les ai entendus se lever, j'ai ouvert un œil et ils se dirigeaient vers l'eau.

J'ai refermé l'œil.

J'ai cherché mon souffle, je ne voulais plus disparaître, je voulais survivre, les yeux bien fermés, avec un bon rythme respiratoire. C'était un peu tôt pour la convalescence, mais bon, j'étais couché.

J'ai entendu ça ne va pas ?

Ça venait du haut, probablement d'Hélène.

Sans bouger j'ai dit pas trop.

A Hélène, ai-je supposé.

Elle a demandé si elle pouvait faire quelque chose.

Toujours Hélène, j'imagine.

J'avais retenu le nom. Comme ces détails qu'on capte dans une situation globalement grave.

J'ai pensé que par politesse je devais répondre. Ou par instinct. Enfin, j'ai envisagé de répondre. Mais, comme je ne voyais pas ce qu'elle pouvait faire, pour moi, je me suis levé et je me suis approché d'elle. Ça ne se passait pas trop mal, debout. Je me suis quand même rassis. A deux mètres d'elle. J'ai dit ça va, ça va passer, merci.

Les deux autres se baignaient dans le coin de mon œil.

Hélène, je l'ai regardée, comme je lui parlais c'était normal, mais mon regard s'est cogné dans le sien. Comme quand les gens vous regardent parce qu'ils vous écoutent mais que ça va tellement mal de votre côté que leur attention se dresse face à vous comme un mur. Malgré eux. Tout rebondit. Tout vous revient. Et chez cette femme que je ne connaissais pas, que je voyais pour la première fois, je ne voyais que moi, à savoir rien, le rien que j'étais ou encore le tout, l'espèce de boule d'incompréhension et de douleur à quoi je me trouvais réduit, en quoi j'avais rassemblé la fin de mes forces, et que je lui envoyais à la figure puisque j'étais face à elle qui était comme moi-même. Un miroir plus qu'un mur, en fait. Un miroir mat, où on se voit mal, comme un reflet qui se perd. Et au bout d'un moment on se tait.

Puis je l'ai regardée encore et j'ai vu au sens de voir que c'était une femme de mon âge.

Ça me changeait.

Elle portait une fatigue intéressante sur le visage. J'aime bien la fatigue chez les femmes.

Je l'ai trouvée intéressante et grave.

Son gros défaut c'était d'être la mère du type. Elle lui ressemblait.

Je me suis senti malade, avec un besoin de soins.

Je me suis imaginé avec elle, au lit, avec la tête de ce type face à moi. Rien d'évident, de prime abord.

Parce que automatiquement comme je perdais Laura et que j'avais mal je pensais à me reconvertir, j'ai toujours eu ce genre de réflexe. Mais c'était un projet de reconversion très vague, concocté dans un état de fièvre, avec cette conscience, en plus, que je n'étais pas qualifié. Que je n'étais bon qu'à avoir vécu, pas à vivre.

Comme je ne voulais pas entrer dans le détail, je lui ai dit que j'avais l'impression que les gens étaient venus se préparer à mourir, ici. C'était un jugement d'ordre général et puis ça me donnait de la hauteur, ce n'était pas du luxe.

Elle a dit vous êtes gai, vous, puis elle m'a demandé de préciser ma pensée. Je lui apportais un sujet de conversation, quand même.

Je lui ai expliqué. Le relâchement, surtout. Et cette volonté de ne plus bouger, sur un substrat meuble.

Elle m'a dit c'est intéressant mais personnellement je ne suis pas venue pour ça.

Je lui ai dit qu'il y avait forcément des exceptions.

230

A ce stade, je les ai cherchés tous les deux du regard, mais je ne les voyais plus. J'ai observé les points noirs, sur l'eau, puis, comme ça m'éblouissait, j'ai laissé tomber.

Je suis en instance de divorce, a dit Hélène.

J'ai cru qu'elle parlait au sable. Apparemment non, c'était à moi.

Je suis venue prendre un peu de champ, a-t-elle dit.

J'ai hoché la tête. Elle m'a demandé si je m'intéressais au divorce. J'ai dit heu, non. Pas pour l'instant. Mais je m'intéresse à tout, ai-je précisé. Par voie de conséquence, au divorce aussi.

Je n'avais pas envie de me couper d'elle. Pas tout de suite.

Puis Hélène m'a dit c'est une chance que ça vous intéresse parce que personnellement je suis incapable de parler d'autre chose. Je suis déjà dans l'expérience de la solitude. Je me suis débrouillée pour me couper de tout le monde, en plus. J'ai loué un gîte rural, ici.

Je lui ai demandé s'il était bien.

Correct, a dit Hélène. J'ai lancé une procédure de conciliation avec torts réciproques mais il a décidé de ne pas suivre. Il veut me charger. Vingt ans de vie commune pour en arriver là.

Elle ressemblait vraiment à son fils. Sauf les yeux. Il avait dû prendre les yeux de son père. J'ai dit si j'ai bien compris c'est vous qui partez.

C'était évident mais pas grave. Je la relançais.

Elle a dit oui évidemment c'est moi qui veux, ça me paraît clair. J'essaie de me détendre, a-t-elle ajouté, mais je n'arrive pas à lire.

Le livre était posé à côté d'elle, retourné. J'ai lu le titre.

Vous avez des problèmes avec votre ange-gardien ? ai-je demandé.

En souriant. Je m'en sortais pas mal.

Elle a souri aussi en disant non. Je me prépare, au cas où.

Je me suis dit il faudra que j'en parle à Claire, de ce titre, quand j'aurai deux minutes.

Comment vivre en accord avec son ange-gardien.

Ça lui plaira.

Je suis contente que vous m'écoutiez, m'a dit Hélène. Il est difficile de rencontrer des gens qui écoutent.

Tout le monde ne s'intéresse pas au divorce, ai-je dit.

Je n'ai plus envie d'en parler, a-t-elle dit. Vous avez vu la région ?

Non, ai-je dit. Pour être sincère, ai-je ajouté, parce que j'avais envie de placer un mot, je ne vois pas pourquoi je me serais gêné, je suis moyennement disponible. Je suis parasité. Je ne voudrais pas avoir l'air de me vanter, mais je crois que je suis très malheureux.

Ne vous inquiétez pas, vous en avez l'air, m'a dit Hélène. Vous venez vous baigner ?

Elle se levait. Je l'ai imitée.

Je vous accompagne, ai-je dit.

Je n'étais pas très chaud pour me baigner. Je marchais juste sans problème, mais sans plaisir. Je suis allé avec Hélène jusqu'au bord de l'eau. Elle n'était pas très grande. Elle était mince. J'ai trouvé ses cuisses bien.

Elle s'est mouillée. Pas moi. J'ai dit je vous attends, j'ai un peu froid, c'est mon état général.

Elle s'est enfoncée dans les vagues. Elle a nagé sur quinze mètres et elle s'est retournée. Elle avait pied.

Vous venez ?

Je me suis demandé s'il était plus difficile de rester au bord que d'y aller. J'aurais préféré qu'elle me propose de prendre un verre. Je n'aurais pas eu froid. Je me suis mouillé.

J'ai nagé dans sa direction.

Elle nageait bigrement bien. Elle était à peu près du niveau de Laura. Non, elle était meilleure. J'ai progressé en nage indienne. Elle prenait du champ. Quand elle a eu atteint la ligne des bateaux, elle s'est retournée, m'a fait signe, puis a continué. Je me suis dit bon.

C'est à ce moment, presque immédiatement, en fait, que j'ai eu cette crampe. J'étais en train de m'interroger sur la nécessité de poursuivre, ça ne m'a pas laissé le choix. Je vais quand même faire la planche en attendant de voir, me suis-je dit.

Mais je n'arrivais pas à retrouver ma planche. J'étais assez bon, en planche, d'habitude. J'y arrivais même sans les bras, que j'alignais le long du corps. Là, ma jambe me tirait vers le bas. Et puis j'avais froid. Je me suis énervé. Ça m'a fait perdre mes forces. J'ai coulé. J'ai avalé de l'eau puis je suis remonté avec les bras. J'essayais depuis le début d'appuyer le pied de la jambe touchée contre l'autre, comme on fait quand ça arrive au lit, mais je n'étais plus maître de mes jambes. Je n'en ai agité qu'une et je commençais à avoir mal au bras. Je ne fais aucun exercice, chez moi, je l'ai peut-être dit. J'ai senti que je recoulais et j'ai quand même appelé, à ce moment, parce que je n'avais plus trop d'air. Puis en coulant je me suis fait la réflexion que ça y était, que je m'étais trompé sur cette sensation que j'avais eue à propos de la plage. Comme quoi on s'y préparait, ici. Je ne m'étais pas trompé sur le sens, je m'étais trompé sur le niveau. Le niveau de sens. Ce n'était pas une métaphore. J'allais y passer, pour de vrai.

Ce qui est bien, au fond, me disais-je. C'est pas plus mal d'en finir. En finir à cause d'une femme qui s'en va, d'une autre qu'on essaie de suivre. En finir avec les femmes, puisque ç'est ça ma vie. Qui s'en va, donc. Comme les autres. Là où j'en étais, je confondais ma vie avec une femme. A ma décharge, je suffoquais. Il n'était même pas exagéré de dire que je me noyais. Le mot ne me semblait pas trop fort.

Juste un peu ridicule. Un peu *vu*. Mais le sens critique aussi me quittait. Peut-être qu'en mourant on devient vulgaire, me suis-je dit. De toute façon personne n'aura entendu ma dernière phrase.

Puis j'ai senti une main. Enfin j'ai senti quelque chose. On me remontait. Je me suis trouvé en toute petite forme, dans le genre évanoui, si on veut, je ne souffrais pas en tout cas. Ou je ne m'en rendais pas compte. J'avais une sensation d'eau, de beaucoup d'eau partout, autour, en moi, surtout. Avec un très vague goût de sel dans la bouche. Et puis je me sentais lourd. Je ne faisais aucun effort. L'autre, là, la main, puis le bras, me tirait fermement, j'éprouvais pour lui une reconnaissance confuse. Je l'aurais bien aidé, mais, franchement, je n'en avais pas le courage. J'essayais de retrouver mon souffle, de ne pas avaler davantage d'eau, avec tous ces remous. De temps en temps, je coulais de nouveau, pas longtemps, c'était inconfortable, comme sauvetage, mais je ne me plaignais pas. J'avais seulement hâte qu'on arrive.

Quand nous eûmes pied, mon sauveteur m'a pris par la taille. M'a passé mon bras sur son épaule. Un deuxième larron nous a aidés. Je me suis trouvé d'une excellente constitution, finalement. Après, on m'a déposé sur le sable, sur le dos, je me suis laissé faire. Mes deux sauveteurs se sont penchés sur moi. Je me suis dit quand je vais ouvrir les yeux pourvu que ce ne soit pas l'autre. Le type. Le jeune.

Ce n'était pas lui. Je me suis dit que j'avais de la chance. Autour de nous, un petit attroupement se formait. Puis j'ai vu Hélène, ruisselante, qui à son tour se penchait sur moi. J'ai rencontré son regard et j'ai eu envie de m'y perdre. J'ai pensé que ça allait mieux. Au bout d'un moment, j'ai même retrouvé assez de souffle pour dire quelques mots : ça va aller, ai-je jeté à la cantonade, vous pouvez partir, je pense que ça va aller. Je me suis assis. Des gens se sont éloignés, mais j'ai dû me présenter au surveillant de plage. Je lui ai dit ça va, c'est bon, regardez. Je me suis levé. Vous voyez, ai-je dit. Ça ne tournait même pas. Hélène m'a passé un bras sous l'aisselle, elle m'a ramené vers sa place. On s'était débarrassé des curieux en chemin. On s'est assis, tous les deux. Je me suis seulement aperçu à ce moment qu'elle avait l'air coupable. J'ai pris les devants. C'est ma faute, ai-je dit. J'aurais dû vous prévenir. C'est moi qui aurais dû vous prévenir, a-t-elle dit. Je vais loin, quand je nage. On a commencé à parler de tout et de rien, elle et moi. Je m'étais allongé, je me sentais mieux comme ça, en définitive. Hélène, elle, était restée assise. Elle parlait plus que moi. A un moment, elle s'est arrêtée au milieu d'une phrase. Ah, a-t-elle dit. Je crois que votre fille revient.

CET OUVRAGE A ÉTÉ ACHEVÉ D'IMPRIMER
LE QUATORZE NOVEMBRE DEUX MILLE DEUX
DANS LES ATELIERS DE NORMANDIE ROTO
IMPRESSION S.A.S. À LONRAI (61250) (FRANCE)
N° D'ÉDITEUR : 3681
N° D'IMPRIMEUR : 022737

Dépôt légal : novembre 2002